Sonya
ソーニャ文庫

呪われ騎士は乙女の視線に射貫かれたい

八巻にのは

JN105112

イースト・プレス

contents

プロローグ

「私から、絶対に目をそらさないでくださいね」

そう言って自分の頬《ほお》に触れてくる少女を見た瞬間、騎士『ヴェイン＝トール』は恋をはっきり意識した。

「……かまわないが、嫌ではないのか？」

「なぜ？　視線はまっすぐのほうが、男前に見えますよ」

「……いや、うむ、でも俺は……」

醜《みにく》いから、という言葉は口にできなかった。

少女はためらいもなく触っているが、ヴェインの顔は誰も彼もが目を背《そむ》けるものなのだ。

ヴェインは、邪竜退治を生業《なりわい》にする騎士である。

邪竜とは、人々を襲う禍々《まがまが》しい化け物のこと。そして数年前、その中でもひときわ凶暴な邪竜を倒したとき、彼は傷と呪いを受けてしまった。呪いの証《あかし》である禍々しい痣《あざ》は、顔と身体の右半分を覆っている。

その上彼の面立ちは、そもそもが凶悪だった。

目つきは鋭すぎるし、竜との戦いのせいで頬と顎《あご》には傷がある。それを隠すために髪を伸ばし顎には短く髭《ひげ》を生やしているが、それはそれで厳《いか》つく見えてしまうという有様だ。

よく見れば整った顔をしているけれど、それがわかるほど側には誰も近寄ってこない。

重ねて、最近は右側の目が竜眼と呼ばれる禍々しいものへと変わり、細く鋭い瞳孔や不気味な赤い色を気味悪がる者も多かった。

普段は眼帯や仮面で隠しているが、呪いと共に得た不思議な力のせいで眼帯をしていてもヴェインは前が見える。そうした異形の力もまた、ヴェインが多くの人に気味悪がられ距離を取られる要因だった。

そうして人が遠ざかれば、婚期も過ぎていく。

侯爵家の生まれながら、三十三歳になってもヴェインは未婚だ。

長男ではないため結婚せずともいいが、それでもいつまで経《た》っても相手が見つからない彼を不憫《ふびん》に思ったのは兄の『ロイ』だった。

ロイはヴェインの唯一の家族で、騎士団で副団長を務める彼もまた邪竜討伐《とうばつ》に参加し、指揮官としての華々しい活躍から英雄と呼ばれている。呪いのせいで日陰者となったヴェインとは違い、まっすぐな尊敬を集める本物の英雄だ。

そのせいで仕事が忙しくなり、以前よりも顔を合わせる機会は少なくなったが、兄として独り身の弟を心配していたのだろう。

『お前もそろそろ次の段階に進むときだ』と言って彼は見合いを勧めてきた。自分には必要ないと言ったが聞き届けてもらえず、その準備として屋敷に呼ばれたのがこの少女だった。

少女――ノアは腕のいい画家で、彼女に見合い用の絵を描いてもらった者は一月《ひとつき》以内に結婚できるという噂《うわさ》がある。それを聞きつけた兄はノアを呼び出し、ヴェインの絵を描かせようと思い立ったのだろう。

寝耳に水だったヴェインは戸惑っていたが、ノアはそれを無視してテキパキと準備を整え、こうして視線やポーズの調整をしている。

「もう少し顎を引いて……そう、素敵です」

「す、素敵……!?」

「しゃべらないで」

「……わ、わかった」

最後は蚊が鳴くような声だったけれど、彼は確実に浮かれていた。

誰もが目を逸《そ》らすヴェインの顔を凝視しているどころか、遠慮なく触れられ「素敵」だなんて言われたら喜ばずにはいられない。

呪いを受ける前から、ヴェインは女性が苦手だった。色恋の経験もなく、この年にして童貞である。

そして一生恋を知らずに生きていくのだと思っていた男が、ここにきてあまりにあっけなく初恋に転がり落ちた。

「ではしばらく動かないように」

ノアはキャンバスの前に移動し、そっと息を吐く。

ゆるやかに波打つ赤い髪を頭の高い位置でまとめ、彼女は絵筆を取った。

服と化粧っけのない顔のせいで地味な印象を与えているが、よく見ればノアはとても愛らしい少女だった。

ただ十八歳という実年齢よりも、ずいぶんと幼く見える。身体つきが華奢《きゃしゃ》なので余計にそう見えるのだろう。

でも顔立ちは整っているし、何より榛色《はしばみいろ》の目がとても美しい。

思わず見入っていると、不意に彼女の顔が伏せられた。

やはり自分のような男に見られて気分を害したのだろうかと、ヴェインは不安を覚える。

「……ッ!!」

だが次の瞬間、彼は息を呑む。

絵筆を取ったノアが、鋭くてまっすぐな瞳を彼へと向けてきたのだ。

「顔、強ばっているので少し緩めて」

慌てて元の表情に戻すが、高鳴る胸は抑えきれない。

ノアはまっすぐな眼差しでヴェインを射貫きながら、キャンバスに彼の姿を描いていく。

そこには畏怖《いふ》もためらいもなく、呪われた顔から全く視線が剝《は》がれない。

全身が熱くなり、股間のものがぐっと逞《たくま》しさを増したのはそのときだ。

突然の反応に戸惑っていると、ノアが「動かないで」と声と視線を鋭くする。

途端に反応はより大きくなり、ヴェインは唖然とした。

(見られて反応するなんて、俺は変態か!!)

一刻も早く身体を落ち着かせなければと思う反面、ノアの視線が鋭さを増せば増すほど
ヴェインのものは滾《たぎ》ってしまっていた。

それに彼自身もこの視線に射貫かれたい、彼女に見られ続けたいという気持ちが膨れ上がる。

運がいいのか悪いのか、ヴェインは感情が顔に出にくいほうだった。

おかげで小さく息を吐けば表情は元に戻り、ノアが彼の変調に気づく気配はなかった。

しかしこのままでは絶対にまずい。というか、もうすでにかなりまずい。

股間だけでなく心臓も破裂してしまいそうだし、全身からは変な汗が滲《にじ》み出ている。

「……すまない、今日はここまでにしてくれないだろうか」

喉から声を絞り出せば、ノアがきょとんとした顔で動きを止めた。

目から鋭さが消えるとヴェインの興奮も少し落ち着くが、少々間の抜けた顔は妙に可愛《かわい》らしくて、ドキドキは止まらない。

「あの、せめて下描きだけでも終わらせたいのですが」

「申し訳ない、少し体調が悪くて」

その言葉に、ノアが慌ててヴェインに近づいてきた。

「すみません。こんなに汗をかいているなんて、きっと熱があるんですね。日を改めるので、続きはまた後日」

「あ、ああ……」

なんとか鎮《しず》まった身体を必死に動かし、ヴェインは片付けを始めるノアを手伝う。

そんなことはしなくていいと言われたが、嘘《うそ》をついた罪悪感から「やらせてくれ」と頼み込んだ。

キャンバスに近づくと、短時間だったのにすでにヴェインの顔がはっきりと描《えが》き出されている。それを見て、彼は思わず息を呑んだ。

「お気に召しませんか？」

立ち尽くす彼を見て、ノアが不安そうに尋ねてくる。

「いや、これは……その、美化しすぎではないか？」

顔の痣も描かれているが、それを加味しても凛々《りり》しすぎる気がした。

「私は華美な誇張はしません。ただ、あるがままを写し取っただけ」

そう言うと、ノアはそっとヴェインの前髪を払った。

「雰囲気《ふんいき》が違うと感じるのは、先ほど前髪を少しいじったからかも。普段は下ろしているようだけど、ヴェイン様は顔を見せたほうが素敵です。いっそ髪を短く切って、あと髭も剃《そ》ればお顔立ちもはっきりしてよりいいかと」

貴族の令嬢に送る姿絵も髭がないほうが好まれるのだと説明しながら、ノアがにっこりと笑う。

次の瞬間、ヴェインはあまりの息苦しさに己の心臓が爆《は》ぜたと錯覚した。

そして頭が真っ白になり、普段の冷静さが消え失せる。

「……君は、結婚を決めた相手はいるか」

「え？」

「誰か、男性と付き合っていたりはするだろうか」

「いませんけど、それがなにか？」

さすがに戸惑い始めたノアの手を、がしっとヴェインが摑《つか》んだのはそのときだ。

「なら、君のその目が欲しい!!」

「……目？」

「君の目に射貫かれると身体が興奮してたまらない！　ずっと君に見つめられたい！　叶うならその目を刳《く》り抜いて持ち歩きたいくらい好きになってしまった！」

ヴェインは大興奮でまくし立てるが、ノアは明らかに引いていた。しかしそれに彼は全く気づかぬままに、宣言をする。

「だから俺と、結婚を前提に付き合ってほしい!!」

屋敷中に響く大声での告白に対するノアの表情は凪《な》いでいる。

そして返ってきた言葉は「やっぱり熱があるんですね」というそっけないものだった。

第一章

ノア＝ランバートは、イステニア国の王都の片隅にひっそりとアトリエを構える若い画家である。

そして奇《く》しくも彼女のアトリエは、先日彼女にプロポーズしてきた騎士ヴェインが隊長を務める第十六小隊が管理している詰所の側にあった。

ここの詰所は規模が大きく、広い演習場と複数の宿舎がある。

そんな宿舎のひとつが移転に伴い売りに出されていたのは半年ほど前のこと。それを買い取って改造し、アトリエとして使っている。

王都の東には芸術家たちが集まる区画もあるが、ノアは海外からの移住者であり女であるため、あえて別の場所に住まいとアトリエを構えた。

人目を避けているのは、女の画家はあまり快く思われない傾向があるからだ。

イステニアは性別に寛容なほうだが、祖国では女であるというだけでノアは憂《う》き目に遭《あ》った。だからあまり目立ちたくなかったし、他の画家たちとは関わりたくなかったため、この場所を自分の住まいに選んだのだ。

兄が見つけてくれたこの物件は値段も安かったし、小高い丘の上にあるアトリエから海がよく見える。そして裏にあるテラスからは、騎士たちの演習場を覗くことができた。

それ故ノアは、ヴェインという騎士のことを以前から知っていた。

イステニアの騎士団は隊によって仕事が違い、ヴェインがまとめる第十六小隊は下町の警備と、新米騎士たちの育成を主に担っている。

ヴェインは元々邪竜退治を生業とする第二小隊にいたが、呪いのせいで長い療養が必要だったため、仕事の少ないこの第十六小隊を任されたらしい。

他の小隊と違って第十六小隊は危険な任務は少なく、他の小隊より地位は低いらしいが、ヴェインの育てた騎士は皆優秀だと評判だった。

噂を裏付けるように、教官を兼任するヴェインは新人の模範になるよう誰よりも早く演習場にやってきて、誰よりも遅く帰る。

剣術や弓術、槍術に馬術と彼はすべてにおいて完璧で若い騎士たちには羨望《せんぼう》の眼差しを向けられていた。

だが尊敬される一方、彼は畏怖の対象でもあるようだった。

ひとたび仕事を離れると彼はいつも一人だ。

休憩のときも一人木陰でぽつんとご飯を食べているし、彼に話しかけられてびくつく騎士は多かった。

その理由は彼にかかる邪竜の呪いだと、ノアは以前酒場で聞いたことがあった。

ヴェインはかつて『ブレイズ』という名の巨大な邪竜を打ち倒し、兄のロイと共に『邪竜退治の英雄』『英傑のトール兄弟』と呼ばれている。

智の兄、武の弟と区別され、兄は邪竜討伐の軍を率いたことを評価され特に有名だ。その功績から諸外国でも一目置かれ、世情に疎《うと》いノアでもロイの名前を知っているほどだ。

一方で実際にブレイズの首を取った弟の名前はあまり出てこない。

その原因も邪竜の呪いである。首を落とす代償として、ヴェインは邪竜の炎に身を焼かれ呪いを受けてしまった。故に彼の身体能力は人から遠ざかり、中には化け物だと言う者もいる。そのせいで、恐れられ距離を取られていたのである。

でもノアの目には、ヴェインが化け物には見えなかった。

彼が強いのは日頃の鍛錬《たんれん》の賜物《たまもの》としか思えなかったし、一人のさみしさを誤魔化《ごまか》すために馬や鶏《にわとり》に話しかけている姿は人間くささがあった。

厳つい顔と身体つきだが、立ち居振る舞いは洗練されていてヴェインはとても美しい。

何より彼の筋肉が美しいとノアは思っていた。

今まで色々な人体を描いてきたが、こんなにも均整が取れていてしなやかな筋肉は見たことがない。叶うなら触れて、感じて、あの鋭利な輪郭を、凛々しい目を、逞しい首筋をこの手で描きたい。彫刻にするのも悪くないかもしれない。

遠くから眺めていたときから、ノアはヴェインを絵にしたくてたまらなかった。

実際遠くからスケッチをしたことは何度もあるが、遠すぎてちゃんとした絵にはならなかったため、トール家からヴェインの姿絵を依頼されたときは心の底から喜んだが……。

「結婚を前提にって、あの人頭大丈夫なのかな」

ヴェインの実家から帰ってきたノアは、アトリエの奥にある簡易ベッドに倒れ込みながらつぶやく。

突然のことにノアはもちろん、トール家の使用人たちも混乱していた。普段の彼はいつも冷静で言葉数が少なく、あんなふうにまくし立てることなどなかったらしい。

あまりの変貌に一同は驚いたが、その原因は突然の高熱だった。

ヴェインは最後まで「俺は本気だ」と叫んでいたが、それもまた熱に浮かされた言葉だと思い、ノアは「お大事に」とだけ言ってアトリエに帰ってきた。

「でも、ちょっと惜しいことしたな」

だが、また次があるだろう。ヴェインは熱に浮かされてノアに求婚するほど結婚相手に飢えているようだし、ノアの絵は見合い用の肖像画に最適だと妙に評判になっている。

今も仕上げるべき絵がいくつかあるのを思い出し、ノアはキャンバスの前に戻る。

仕事があることに喜びを感じる一方、少し不思議な気持ちだった。

今でこそ毎日のように依頼が来るが、少し前までノアは売れっ子というわけではなかった。むしろ斜陽の画家と言ってもいい。

今現在、ノアは兄『ファルコ』の名前を借りて活動している。

ノアと兄のファルコは、イステニアの隣国『ヨルク』に古くからある、芸術家を多く排出する家の生まれだ。父は画家、母は詩人、五人いる兄弟は音楽家に作家に彫刻家と、それぞれが芸事に秀でており、名声を得ている。

そんな中、ただ一人何の才能も持たないのが、次男のファルコだった。

根っからの遊び人で、唯一の取り柄は女を口説くことだと言い張る兄に両親たちは手を焼いている。でもノアは年の離れた自由な兄が大好きで、ファルコもノアを可愛がってくれていた。

そんな兄の名前を使って活動するようになって、そろそろ二年になる。

（もう、二年も経ったんだ……）

感慨深い気持ちと共に、ふと二年前の出来事が頭をよぎる。

『お前の絵には価値などない』

思い出したくもない男たちの罵声《ばせい》が蘇り、慌てて絵筆を手放す。

乱れる鼓動を落ち着かせようと深呼吸を繰り返し、ノアはぎゅっと胸を押さえた。

（大丈夫……もうあの人たちはいない……）

――二年前まで、ノアの活動拠点はヨルクだった。

父の才能を受け継いだノアは十歳で神童ともてはやされ、父と共に宮廷画家として働いていた時期がある。

だが芸術の国と呼ばれるヨルクで、才能が認められるのは男性ばかり。

イステニアでは詩人として有名な母でさえも、ヨルクでは一冊しか本を出してもらえない。特に画家は非力な女には務まらないと言われており、国王や一部の貴族はノアの才能を純粋に認めてくれていたが、ノアがもてはやされるのは父親の七光りだと周りからは言われていた。

しかしノアはそうした言葉を気にする性格ではなかった。周りからの誹謗中傷《ひぼうちゅうしょう》も当時のノアはどこ吹く風。絵を描き始めると寝食も忘れ、風呂にも入らず、服を着替えることさえしない。ノアのそんな有様に家族が悲鳴を上げるほどだ。

絵を描くこと以外には全く頓着《とんちゃく》しないし、逆にその姿が多くの嫉妬《しっと》と反感を生んでしまっていた。

そしてノアは十五歳のとき、苛立ちを募らせた同業者たちに盗作の罪を着せられた。新作発表の場で、父と並ぶほど高名な画家に「自分の作品だ」と訴えられてしまったのである。

その訴えを嘘だと見抜いてくれた者もいたが、盗作の件はゴシップ誌の一面を飾ったうえに「ノア＝ランバートはあばずれだ」「仕事を得るため身体を売っている」など酷い噂まで流れれば、もはや払拭《ふっしょく》するのは不可能だった。ついには家族にまで不名誉な噂が流れるようになり、ノアは家を出る決意をしたのである。

そんなノアに、イステニアで暮らしたらどうかと言ってくれたのは母だった。

女の身で――そして芸術家として――ヨルクにいることがいかに厳しいか、母はわかっていたのだろう。

母は偏見に満ちた国ではノアの才能が潰されてしまうと、行かないでくれとノアに懇願《こんがん》する父や兄たちを説得し、移住の準備を進めてくれたのだ。

そのとき一人で行かせるのは心配だからと、同行を申し出てくれたのがファルコだった。

女遊びがすぎて居場所がないのだと笑って、彼は勝手にイステニアへの移住を決めた。

そしてこのときノアは「イステニアではファルコの名前を借りて仕事をしたい」と兄にねだったのだ。

イステニアはヨルクの隣国で、少なからずノアの噂は流れているだろう。移住しても絵の依頼が来ない可能性もある。

だからノアも正体を隠そうと思い至ったのだ。本名とは別の名前で仕事をする画家は多いし、絵画売買のやりとりに代理人を立てて顔を出さない画家もそれなりにいるくらいだから、そのほうが問題もない。

「名声を掠《かす》め取ることになるから嫌だ」とファルコは嫌がったが、ノアが欲しいのは名声ではなく仕事だ。そう兄を説得して、未発表の絵をファルコの名で売り出すと、さっそく仕事が舞い込んだ。

おかげで〝ファルコ〟はイステニアで有名な画家になっている。

遅咲きの天才と言われ、名声を得た〝ファルコ〟は王都の外れに屋敷を購入した。

だが新天地でも兄が女遊びに興じるせいで〝ファルコ〟の屋敷にはひっきりなしに女性が来るため、ノアは半年ほど前にこのアトリエを購入した。

屋敷では仕事に集中できなかったし、〝ファルコ〟の正体がノアであることがばれかねないと思ったのだ。

以来ノアはずっとこのアトリエで暮らし、兄の持ってくる仕事をする傍《かたわ》ら、ノアは腕を磨くために『肖像画描きます』という看板を出したのだ。

最近はそちらも評判になり、肖像画の仕事のほうが多いくらいである。

おかげで食い扶持《ぶち》には困らず、大好きな絵を思う存分描ける日々は幸せだった。

（うん、私はもう大丈夫。ここでなら、好きに生きていける）

イステニアに来てからの日々を思い出すうちに、ノアの内側で響いていた声は止《や》んだ。

絵は、ノアの宝だ。それに没頭できる日々も同じくらい大切なものだ。

叶うならこのままずっとこの平和な日々が続いてほしいと願っているし、変化も望んでいない。

（今が続けば、それでいい……）

もしヴェインの求婚が本気だったとしても、ノアは受けたりしないだろう。今の生活に満足しているし、そもそも今まで恋人さえ作らなかった。というか、ノアにとっては絵が恋人なのだ。

絵を描くこと以上に誰かを好きになる自分が想像もつかない。

（そもそもあんな素敵な人が、私に本気になるわけがないし）

なにせ自分はお世辞にも女性として魅力があるとは言えない。

女性らしくないとよく言われるし、着ているエプロンドレスはどれもこれも絵の具で汚れている。そんな自分が、呪い持ちとはいえ英雄であるヴェインに見初められるなんて絶対にありえない。

だからやっぱりあれは熱のせいだと、ノアは確信していたのである。

しかしその三日後、事態は急転する。

「ノア＝ランバート！　君のその眼差しを、俺にくれ！」

英雄様が、再びノアの前に現れたのである。

◇◇◇

「兄上、やはり女性への贈り物は花がいいのでしょうか」

大真面目な顔で尋ねるヴェインに対し、兄の『ロイ』は困惑顔で固まっていた。

「……お前の見合いは、まだ当分先だったはずだが？」

「見合いはもうしません」

「では誰に花をやるんだ。恋人はいないと三日前は言い張っていたし、この三日お前は寝込んでいたはずだ」

「でも本当に、もう見つけたんです」

「……まさか、高熱でおかしくなったのか？」

言うなり、ロイは立ち上がると杖をつきながらヴェインに近づいてきた。

そのまま額《ひたい》に手を伸ばしてくる兄から、ヴェインは慌てて身を引いた。

ロイは今年で四十歳、ヴェインは三十三歳である。いい年をして子供扱いはやめてほしいと思いながら、伸ばされた手からそっと逃れた。

だがその途端、ロイがわかりやすく落ち込んだ顔をする。

（しまった、どうやら兄の心配性を刺激してしまったらしい……）

五年前に家族を失ってから、兄は不安を抱えている。元々は男気にあふれ、細かいことを気にしない豪快な男であったが、今は別人のように慎重で心配性なのだ。

「お前に何かあったらと、心配なんだ」

予想通りの言葉が飛び出し、ヴェインは慌てて元気だと笑う。

「すみません。本当に大丈夫ですから」

「本当か？　熱なんてお前らしくないし、もしや呪いが……」

「近頃は身体もさほどおかしくありません。だから大丈夫です！」

そう言ったが、ロイの顔は余計に浮かないものになった。たぶん、ヴェインの言葉を信じていないのだろう。

（まあ、無理もないか……。兄上には、ずっと心配をかけてしまったからな……）

三年前、ヴェインはその身に受けた呪いのせいで、まる一年も昏睡《こんすい》状態に陥《おちい》ったのだ。その後も異様なほど身体能力があがったり、五感が鋭くなりすぎたりと、様々な変調は今も続いている。

そしてロイは、弟が呪いを受けた原因は自分にあると思っている。

ロイは王立騎士団の副団長を務める有能な騎士で、彼自身も邪竜を討伐する作戦に参加していた。その作戦はイステニアだけでなく近隣諸国の騎士団や軍が参加した大規模なもので、ロイは邪竜討伐への並々ならぬ意欲を買われて最高指揮官に抜擢されたのだ。

ロイが邪竜退治に使命感を燃やしているのは、五年前に妻と子供を邪竜の襲撃で亡くしているからだ。その出来事はヴェインにも深い心の傷を与え、討伐に志願したのも兄と同じくらい邪竜に恨みを抱いていたからである。

だがロイの立てる作戦は過激なものが多く、成果も大きいが死傷者もかなりの数が出た。邪竜の炎に焼かれ、呪いを受けた者も少なくない。その中でも直属の上官をかばって炎を浴びたヴェインは、誰よりも深い呪いが残ってしまったのだ。

弟が邪竜の呪いを受けたのは、自分のせいだと思っているロイは思い詰めるあまり、一時期はヴェインと目さえ合わせてくれなかったほどだ。

長く気まずい時期もあったが、ヴェインが必死に「自分は平気だ」とアピールしたおかげか、最近は以前のように接することができるようになっている。

だからこそまた空気を悪くしたくないと思い、ヴェインは大丈夫だと念を押す。

「熱も、あれはたぶん知恵熱ですから」

「知恵熱？」

「初めての恋に戸惑い、きっと熱が出たのでしょう」

大真面目に言ったのに、ロイはまだ怪訝《けげん》そうな顔をしている。

「恋と言うが、まだ見合い用の肖像画を描き始めたばかりだろう」

「その絵描きに恋をしたんです！　あの美しい瞳に射貫かれ、俺は生まれて初めて恋を知りました！　俺の相手は、あの子しかいない！」

慌ただしく言葉を紡《つむ》げば、ようやくロイは合点がいったらしい。

「それはつまり、一目惚《ひとめぼ》れ的な……」

「まさしくそうです。そしてこれから、彼女に結婚の申し込みをしに行きます」

そういう場合はどんな花を贈ればいいのかと真顔で尋ねると、ロイは苦笑する。

「……恋は人を変えると言うが、まさしくそのとおりだな」

「俺は、そんなに変わりましたか？」

「ああ。いつも寡黙《かもく》でろくに笑いもしないお前が、こんなに五月蠅《うるさ》い奴《やつ》になるとは」

「う、五月蠅い男は駄目でしょうか」

「駄目ではないが、その顔は隠していったほうがいいかもしれないな」

そう言って、ロイはヴェインがつけている仮面を軽くつつく。

「お前の顔は、少々醜すぎる」

「ですが、彼女は俺の顔を……」

「好きな女を怖がらせたくはないだろう？　お前はあまりに人から遠ざかりすぎているから、きっと顔を背けられる」

ロイの言葉に、ヴェインは返す言葉を失った。

(確かにそうだ。今まで、俺はこの顔と呪いのせいでずっと人から怯《おび》えられ続けてきた)

それは肉親であるロイも同じだ。今はだいぶ慣れたようだが、呪いを受けたヴェインを兄は恐れている。

弟が呪いを受けたことへの責任と、邪竜への憎しみ。相反する二つの感情に兄は悩み続け、今もたぶん苦しんでいる。

だからこそヴェインは家でも常に仮面をつけ、寝るときでさえ眼帯は外さない。竜と化した右目は、兄にとって忌むべき記憶を呼び起こすからだ。

呪いの痣は極力隠し、自分は昔と変わらないと態度で示し続けてきた。

でもいくら隠しても、呪い持ちであることは消えない。

それを痛感していると、兄は言いすぎたと思ったのかヴェインの肩をそっと撫《な》でた。

「だが、恋をするのはいいことだ。トール家は跡取りがいないままだからな」

「跡取りと言えば、兄上も近々また見合いをするんですよね?」

「ああ。……だが私も年だし、子供が生まれるかはわからない」

「兄上でしたら、きっと大丈夫ですよ」

「……だが俺はもう、妻と息子以外を愛せる自信はない」

そう言って、ロイは遠くを見つめる。

亡き妻子への想いは、兄の中からは消えることはないのだろう。ヴェインが苦笑するほどの溺愛《できあい》ぶりだったし、誰かで上書きできるものでもないのだ。

それを悲しく思いながらも、少し羨《うらや》ましいとヴェインは思ってしまう。

(俺も、兄上のように誰かを想い、想われたい)

この顔と呪いのせいでありえないことだと思ってきたけれど、ノアという少女に出会った今は、きっと夢物語ではないという妙な期待があった。

(兄上はああ言うが、彼女は俺に怯えなかった。だから絶対にチャンスはあるはずだ)

とはいえ少しでも心証を良くするため、顔は仮面で隠し、できるだけめかし込んでいこうとヴェインは決めたのだった。

◇◇◇

(本当に、どうしてこうなったんだろう)

絵の具で汚れたテーブルの上にお茶を置きながら、ノアはアトリエに似つかわしくない騎士の礼装とそれを纏《まと》うヴェインの姿を見つめる。

その容姿は、昨日とはまるで別人だ。顔を隠すように伸ばされていた髪は短く刈られ、しっかりと髭も剃られている。

その上めかし込んでいるものだから、てっきりこの前の続きを描かせてくれるのかと思えば、アトリエに入るなりヴェインに跪《ひざまず》かれた。そして妙な言葉を発するなり、婚約指輪をノアに差し出してきたのである。

もしやこのポーズで絵を描いてほしいのかもしれないと思ってキャンバスを引きずってきたところで「無視しないでほしい」と訴えられた。

とりあえずお互い冷静になろうと、テーブルを挟んで今はお茶を飲んでいる。

「それで、絵はもういいのですか？」

「ああ、その必要はなくなった」

「おめでとうございます」

「他人行儀に言うな。俺は、君と結婚するんだ」

意味がわからなすぎて思考を放棄したノアは、お茶を無言ですすった。

「……いや、させてください、お願いします」

慌てて言い直したのを見て彼は本気らしいと気づくが、どうにもピンとこない。

「冗談です？」

「いや、本気だ。俺は君の瞳に惚れた」

「瞳？」

「そうだ。君に見つめられたその瞬間、身体が熱くなり心が震え、どうしてもその目が欲しくなった」

そういえばこの前お屋敷でも、その目を刳り抜きたいとか物騒なことを言っていたなと思い出す。しかしそれと結婚が、どうにも結びつかない。

「別に、見るならこうしてお茶をするだけでいいのでは？」

「四六時中見てほしいんだ」

「それは結婚したとしても無理です。私には絵を描く仕事があります」

「じゃあ半日でもいい」

「仕事が忙しいときは半日でも無理です」

「……じゃあ毎日、一時間」

まあそれくらいならいいかなと考えてから、ノアは冷静になる。

「それだったらなおさら結婚する必要はないかと。そもそも、私はあなたの相手として不釣り合いですし」

「釣り合いなど関係ない。そもそも俺は、この国の女性という女性に嫌われているし、君に振られたら一生独身だ」

この顔だぞと、ヴェインは仮面を撫でる。けれどノアは、やっぱりピンとこない。

「素敵な顔だと思いますけど」

「なら結婚してくれ！」

「それとこれとは別です。私は画家として一生一人で生きていくつもりですし、侯爵様の妻にはふさわしくないかと」

「家は兄が継いでいるから厳密には侯爵とはいえない。……だが、安心してくれ！　それに匹敵する財産と地位はある！」

邪竜を倒した功績もあるから一生不自由はさせないと、ヴェインは身を乗り出す。

「貴族の奥様になって仕事ができなくなるくらいなら、不自由でいいです」

「仕事をやめる必要はない」

「でもそういうのは外聞が悪いのでしょう？」

貴族の女が働くことは、あまりよく思われていない。それも画家だなんて、白い目で見られるに決まっている。

「私の目が好きというだけで決めてしまうには、ヴェイン様に不利益が多いかと」

「……俺は君に見つめてもらえるなら、どんな不利益だって被《こうむ》る」

「なら友達でいいじゃないですか」

「せめて恋人だ」

ぐっと距離を詰められ、絵の具まみれの手を握られた。ヴェインの手が汚れると言いたかったが、指まで絡《から》められるとなぜだか声が出てこない。

「君の仕事の邪魔はしない。むしろ手伝う。だからどうか、恋人になってくれ」

そしていずれ結婚してほしいと訴えるヴェインは、「はい」と言わなければ一歩も引かない気迫に満ちている。

面倒なことになったと思う一方、ふとノアは気づいてしまう。

(でも恋人になったら、この人の絵をいくらでも描けるのかな……)

絵を描いているときはヴェインを見つめることになるし、彼の願いは叶うだろう。

だとしたら悪くない提案かもしれないと、うっかり考えてしまう。

ノアは昔から、絵が絡むと冷静な判断ができないのだ。

「仕事は、今まで通りでいいんですか?」

「かまわない」

「あと、あなたの絵を描きたいんですけど、それもかまいませんか?」

「むしろ描いてほしい。絵を描くときの目が、えぐり出したいほど好きなんだ」

「……えぐり出したいほど?」

「えぐり出して、持ち歩きたいほど好きだ!」

物騒なたとえだが、熱意は伝わってくる。

そしてノアは、ヴェインの絵を好きなだけ描けるという提案にうっかり釣られた。

先ほどはヴェインに世の常識を説《と》いていたノアだが、絵が関わると彼女も非常識になるところがあった。

「絵を描いていいなら、恋人でいいです」

「よし!!」

椅子を倒す勢いで立ち上がり、ヴェインは天に向かって拳《こぶし》を突き上げる。

そんな姿も絵になるな、描いてみたいなとぼんやり思っていると、ヴェインが凛々しい笑顔をノアに向けた。

「ならさっそく、俺の絵を描いてくれないか?」

「ちょうど、描きたいと思っていました」

「俺たちは、結構気が合うのではないか?」

そう言って、にっこり笑まれるとノアの心はほんの少し弾《はず》んだ。

(この人の絵を描けるの、嬉しい)

それもこれからは好きなだけだと思うと、自然と顔がほころぶ。

すると「うぐぅ」と、ヴェインが妙な声を上げて悶《もだ》え出した。

「どうしました? また具合が悪くなりました?」

「いや、君の笑顔が可愛くて」

そんなことを言われたのは初めてで、ノアは驚く。

昔からノアは親しくない相手の前では感情が表に出ないし、笑顔もぎこちない。だから笑っても可愛くない子だと言われるのが常だったのだ。

父と共に宮廷画家として仕事をしていた頃は特に、この顔を散々馬鹿にされたし、可愛げがない女は嫁のもらい手がないぞと何度言われたかわからない。

そのときの言葉は今もノアの中に残っていて、結婚や恋愛に興味が持てなくなった。そして本当に時折だが、今のように褒《ほ》め言葉をかけてもらっても居心地が悪い気分になる。

「恋人だからって、無理にお世辞を言わなくていいです」

「俺はお世辞など言わない。というか、言えない。自慢ではないが、俺は女性に喜ばれるような甘い言葉をかけられない男として騎士団でも有名だ」

「たしかそれは、自慢になりませんね」

「その上この顔と呪いだ。イステニアの中でもっとも結婚したくない騎士の頂上に、もう何年も君臨している」

だから……と、僅《わず》かにヴェインの表情が曇る。

「君が本当に俺といるのが嫌なら素直に言ってほしい。君を不快にさせることだけはしたくない」

「不快だと、思ったことはないです」

「本当か!?」

「ちょっと変だし、頭は大丈夫かなって思ったりはしますが、不快ではないです」

「……君は、結構ずけずけと物を言うな」

「よく言われます。あまりしゃべるのも得意じゃないし、そういうところが人を不快にさせるって」

「不快だなんて思わない。むしろしゃべるのが得意でないなら、無理にしゃべらなくてもいい。あと敬語や敬称も取ってもらっていいぞ」

「でも……」

「恋人なんだ、もっと気軽に接してほしい」

そう言われノアは少しほっとする。敬語は苦手だし、肩が凝《こ》るから好きではないのだ。

「じゃあ、あの……普通にしゃべるけど、嫌だったらヴェイン様も素直にそう言ってね」

「不快などころか、もう一回言ってほしい！」

突然距離を詰められ、ノアは首をかしげる。

「もう一回？」

「名前を呼んでくれただろう。嬉しすぎて苦しいから、おかわりを要求する」

「苦しいのに？」

「苦しいけど嬉しい」

早く早くと訴える眼差しに負け、ノアは仕方なくもう一度口を開く。

「ヴェイン様？」

「様がないともっといい」

「じゃあ、ヴェイン」

途端に、凛々しい相貌が情けないほど崩れた。どうやらものすごく、喜んでいるらしい。

「やはり、結婚しないか」

「それは嫌」

間髪《かんぱつ》容《い》れず断ったのは、容易《たやす》く引き受けられない程度には、ノアもこの男に好感を持ったからだ。恋愛感情ではないが、このちょっと駄目な感じを見ると「ちゃんとした人と恋をして、幸せになってほしいな」と思うのである。

そしてその「ちゃんとした人」に残念ながら自分は入らない。

女としての魅力もないし、何より自分は絵を愛しすぎている。

(それに私はたぶん、この人を一番にできない)

一番になれない恋の辛さは、女遊びが酷い兄を見ているからよくわかっている。

兄の一番になりたいと望みながら叶わず泣いている女の子たちは哀れで、日頃恋愛に興味がないノアでも「ちゃんとしたほうがいい」と苦言を呈することもあった。

でも兄は、自分は博愛主義者だからと応じない。

兄と同じ血が自分には流れているし、両親だって仲はいいがそれぞれの仕事が一番だと豪語している。

だから、自分は恋に生きられないという確信がノアにはあった。

（恋人としてもふさわしくない。付き合い出せばヴェインも私を嫌いになる可能性だってある）

それはきっと、そう遠くない未来のことだ。だとしたら、終われる関係のほうがいいとノアは思うのだ。

ならば今のうちに、少しでも彼の絵を描いておこうとキャンバスを引きずってくる。

ヴェインは結婚の打診を断られて凹《へこ》んでいたが、ノアが絵筆を握ると途端に興奮で顔を赤くする。

「ああ、その目が好きだ……」

「動かないで」

「その声もいい……」

「黙って」

絵に集中し出すと、どうしてもノアは声や態度が冷たくなってしまう。しかしそれさえも好ましく思っているのか、ヴェインの機嫌が悪くなる気配はなかった。

「あとそうだ、その仮面を外してほしい」

「……かまわないが、しかし……」

「私はヴェインの顔と目をちゃんと見たい」

そう言うと、ヴェインはおずおずと仮面を取る。

「うん……やっぱり格好いい」

思わずそんな言葉をこぼしながら、ノアは作業を再開する。

しかし仮面を取ったヴェインは再びだらしのないにやけ顔になり、「しゃきっとして」とノアに怒られることになるのだった。

第二章

　呪いを受けてからというものヴェインの身体は人から離れ、疲れというものを知らなくなっている。

　寝る時間もあまり必要とせず、休息という概念さえ消えかけていた。

　その分、朝早くから夜遅くまで騎士団で鍛錬に打ち込み、日々の時間を黙々と身体を鍛《きた》えることに使っていた。

　あまりに黙々と打ち込むものだから、部下たちからは「さすがに怖い」「いい加減休んだほうがいい」と言われるくらいだ。

　しかし幼い頃から騎士を志し、日々身体を鍛えることしかしてこなかったヴェインにはそれ以外にしたいことがない。

　それに身体を動かしておかないと、今は眠ることもできないのだ。

睡眠が必要ないのは便利だが、否応なく自分が人から遠ざかっているのだと自覚させられてきつい。故に少しでも人の営みを取り戻そうと、ただひたすらに身体を酷使する毎日を送っていた。

そしてそんなヴェインの毎日に、新しい日課が加えられることになった。

「ノア起きろ、今日は朝から仕事なんだろう？」

そう言って、ヴェインはアトリエの二階にある寝室でノアの身体を揺する。

「……あれ、私昨日……アトリエで寝てなかった……？」

「だからここに運んだ。あそこは冷えるから、寝室で寝ろと言っているだろう」

「でも、昨日は眠くて……」

「動けなくなる前に移動しろ……と言いたいところだが、君は集中すると周りが見えなくなるからな」

だからここ二週間ほど、ヴェインがノアを寝室に運んでいる。

最初は女性の寝室に入ることを躊躇《ちゅうちょ》していたがノアが頓着しないため、いつしかそれが普通になってしまった。

そもそもノアがこのアトリエ兼住居の鍵を、会って三日目にして押しつけてきたのだ。

『失くすから、持っていて』と。

きっかけは、ヴェインがノアのアトリエを掃除したことだった。

初めてここに来たときに気づいたが、彼女は片付けができない。仕事に夢中になると、食事もとらないし風呂にも入らない。

このままではいつか身体を壊すに違いない。それ以上にノアの荒れた生活は見ていられず、恋人と言うよりまるで母親のように世話を焼き、気がつけば家事はヴェインの仕事となっていた。

侯爵家の出身とはいえ、騎士としての生活が長いヴェインは自炊や家事に慣れている。以前所属していた第二小隊は街から街へ旅をしながら邪竜を狩る生活だったため、自然と身についたのだ。呪いのせいで療養が必要になり、今は実家に戻されてあれこれ世話をされる生活に戻ったが、実を言えば性に合わなかった。

役立つところを見せればノアの気を引けるかもしれないという打算もあったが、ノアのアトリエに入り浸り世話を焼くのはむしろ楽しいくらいだった。

「ほら、朝食もできているから顔を洗ってこい」

「今日のご飯は？」

「久々にパンを焼いてみた。君の好きな、クルミのパンだぞ」

そう言って笑えば、ノアが嬉しそうな顔で洗面所にかけていく。

その様子をうっとりと見つめながら、ヴェインは満足げに唸《うな》る。

「……ああくそ、今日も可愛いすぎて辛い」

この二週間、恋人らしいことは何一つしていないのに、ヴェインはますますノアに惚れ込んでいる。絵を描くときの視線はもちろん素敵だが、この二週間で知った一面もまたヴェインを乱れさせる原因だ。

ヴェインの料理を笑顔で食べてくれるところも、「あまりに美味《おい》しいから絵にしたい」などと突飛《とっぴ》なことを言い出すところも、お風呂に入れようとすると頬袋をいっぱいにしたリスのような顔でむくれるところも……と、上げればきりがないほどヴェインは毎日ノアの表情に身悶《みもだ》え、恋を重ねていたのだ。

思いが募る一方、二人のやりとりは世話焼きの母と手のかかる娘といった雰囲気になりつつあるが、それが気にならないほど、ヴェインは彼女との時間を堪能《たんのう》していた。

だから朝は四時に起きてノアのアトリエに赴き、部屋の片付けと彼女の朝食を用意する。その後仕事に出かけ昼間はまたアトリエに戻り二人で食事をとり、午後は仕事に戻り夜もまた一緒に食事をとるという一日を繰り返していた。

突然家に殆《ほとん》ど帰ってこなくなった弟をロイは心配していたようだが、事情を話せば「頑張ってみなさい」と今は放っておいてくれている。

「そういえば、ヴェインは今日お休みなの？」

世話を焼かれることにすっかり慣れたノアは、今では気さくに話しかけてくる。

常に遠巻きにされているヴェインにとって、ノアの距離感は心地よい。

「ああ、今日は非番だ」

答えながら、洗ったままろくに拭かれていないノアの顔をタオルで優しく撫でた。

そうされると気持ちがいいのか、彼女は猫のように目を細める。

この距離感でも安心しきっているところを見ると、異性として意識されていないのは明らかだが、怖がられるよりはずっといいとヴェインは思っていた。

「じゃあ、今日は一緒にいられる？」

「だが、君は仕事だろう」

「一緒に来ればいいよ」

「俺がついて行ったら、君の雇い主が怖がると思うが」

「そうかな？」

首をかしげるノアに、ヴェインは頷《うなず》く。

途端に彼女の表情は曇り、わかりやすく落ち込んでいる。その姿もまた苦しいほど愛らしくて、ヴェインは思わず胸を詰まらせた。

「……だが、送迎くらいはしよう。確か今日の行き先は、ネルヴァ伯爵のお屋敷だったな？」

「送ってくれるの？」

「帰りも迎えに行く。よかったら、たまには外で食事でもしよう」

途端に目を輝かせるノアの可愛いさに、ヴェインは天を仰《あお》ぎながら呻《うめ》く。

(この子は、どうしてこんなにも素敵な目と顔を向けてくれるんだ……！　天使か!?　天使なのか!?)

「あぁ、この輝く瞳を俺だけのものにしてしまいたい」

「ヴェイン、心の声漏れてるよ」

指摘され、慌てて口を塞ぐ。

「また、えぐりたくなった？」

「……すまない、なってしまった」

「ヴェインは、時々言動が物騒だよね」

「たぶん呪いのせいだと思う。思考が竜に近づいているのか、物の考え方が時々おかしくなるんだ」

でも本気でえぐるつもりはないと言うと、ノアは知っていると言いたげに頷いた。

「面白いし、言いたいことは好きに言っていいよ」

隠さなくていいと言ってくれるところにキュンと胸がときめいて、恋する乙女のようにヴェインは身悶える。

一方であまりに幸せが重なると、なんだか急に怖くなってきてしまう。

「こ、このままだと悶え死んでしまいそうだから朝食にしよう」

そう言って逃げるようにキッチンに向かうと、それを見たノアが小さく笑う。その声もまた可愛いと思う自分が、ヴェインは我ながら少し心配だった。

◇◇◇

強い夏の日差しが降り注ぐ往来を歩きながら、ノアは自分の手を握る騎士の姿を窺い見た。送迎を申し出てくれたヴェインはイーゼルやキャンバスなどの画材を背負い、真夏だというのに手袋をはめ、真っ黒なローブを纏いフードを深くかぶっている。

その下には呪いの痣と竜の目を隠す黒い仮面までつけていて、端から見るととんでもなく不審者だ。

「いつも思うけど、そのローブ暑くない？」

「近頃はあまり暑さや寒さを感じないんだ」

「すっごく人目を引いてるけど、いいの？」

「これでも、着ていないときよりはマシだ」

顔をさらして歩くと、道行く人たちが悲鳴を上げて逃げ出すのだとヴェインはため息をこぼしている。

（別に、怖がるような顔じゃないけどなぁ）

ノアはそう思うが、ちらりと周りを見ればヴェインの姿に顔をしかめている人は一人や二人ではない。

「俺と目が合うと死ぬという噂もあるし、皆が安心できるならこのままでいい」

うつむき気味に歩くヴェインはそう言うが、ノアは彼の顔が見えないほうが嫌だった。とはいえフードを取れとは言えないので、ノアはそっと手を放す。

途端にヴェインが傷ついた顔で立ち止まった。なぜそんな顔をするのかと不思議に思いながら、ノアはヴェインの背中を回り反対側に立つ。

「どうせなら、こっちに立ちたい。そうすればヴェインの顔が見えるし」

痣と変異した瞳は右側にあり、それを隠す仮面も半面のものだ。顔を隠すために片方の前髪だけは長いままなので、右側からでは顔がよく見えないのだ。

だから反対の手を握り直して顔を上げ、ノアは満足げに笑った。

「こんなに素敵な顔を隠すのはもったいないけど、私だけが独占できると思うと、なんかいいかも」

そう言って、今度はノアが手を引くように歩き出す。

するとヴェインが手をぎゅっと強く握った。

「君が望んでくれるなら、いくらでも見てくれ」

「じゃあ仕事が終わったら、またスケッチさせてね」

「もちろんだ」

ヴェインが嬉しそうに目を細めている。

その顔もまた絵にしたいなと思いつつ、ノアはヴェインにそっと寄り添った。

暑い日だけれど、ヴェインの身体は冷たくてくっついていても不快ではない。そして近頃、ノアはこうして彼に身を寄せるのがお気に入りだった。

「恋人になってほしい」と言われたときは驚いたけれど、一緒に過ごしてみるとヴェインの側は驚くほど心地いい。

ヴェインとは不思議と波長が合い、側にいてくれるだけでほっとする。

でも本来、ノアは結構な人見知りだ。

実家は裕福だったし、今もずぼらなノアを見かねて兄が屋敷のメイドをアトリエに派遣してくれるが、どうにも気が合わず帰ってもらうことのほうが多かった。

自分の周りに人がいると落ち着かず、絵を描いているときは特に気になってしまう。

集中すれば作業はできるが、その分後々疲れてしまうことも多いのに、ヴェインが相手だと全く気にならない。描くモチーフの側を横切られても問題ないし、むしろヴェインの姿が視界に入ると心が穏やかになって筆が進むほどだった。

美味しい料理を作って食べさせてくれるし、家事はもちろんノアの世話もしてくれる。

もしや彼は神なのかと思うほど、日々の生活は快適だ。自分ばかりがいい思いをしていて申し訳ないと考えていると、ヴェインが悩ましげな顔を不意に向けてきた。

「なあノア。……一つ、お願いがあるんだが」

「ん？　なに？」

「手のつなぎ方を、少し変えてもいいだろうか」

「つなぎ方？」

握り合うほかに何かやり方があるのだろうかと思っていると、二人の指が絡まるようにヴェインが手を握り直す。

そのまま握られると、心の奥をぎゅっと優しく掴まれたような感覚になった。

心臓は跳ねるが不思議と嫌ではない。そんな独特の感覚に、ノアは喜びを感じた。

「これ、いいね」

「不快ではないか？」

「うん、すごく好き」

「す……!?　そ、そうか!!　なら、今後手を繋《つな》ぐときはこうしよう!!」

興奮した声でまくし立てているところを見ると、ヴェインはこの手のつなぎ方に喜んでいるらしい。

（もしかして、普通の恋人はこうやって手を繋ぐものなのかな？）

生まれてから絵ばかり描いてきたノアは、恋人同士の振る舞いについてとても疎い。

兄弟の殆《ほとん》どは結婚しているが、ノアは男女交際に全く興味がなかった。ヴェインに「恋人になってほしい」と言われたときも、具体的に何をすればいいのかわかっていなかったのだ。

でもこうして喜ぶヴェインを見ると、少しくらいは男女のあれこれを学ぶべきだったのかもしれないと思う。

（本当は恋人として、もっとやらなきゃいけないこともあるのかな……）

手のつなぎ方を変えたように、何か振る舞いを変えなければならないのだろうかとノアはぼんやり考える。

ヴェインが望むならそうしてもいいと考えている自分に気づき、ノアは少し驚いた。

（私ちょっと、変わったかも）

なにせ彼女は極度の面倒くさがり屋で、絵を描くこと以外は何もしたくないという性格だ。生命を維持する活動すら億劫《おっくう》だと思うほどだが、死んでしまうと絵が描けないので渋々最低限の生活を心がけている。

なのになぜだか、ヴェインのことは面倒だとは思えない。

それを不思議に思いつつじっと顔を見ていると、彼の鋭い目元が僅かに赤くなる。

「見つめられると嬉しいが、往来だと少し照れるな」

「ごめん、見ないようにする」

「いや、見ていい……！　恥ずかしいが、俺は君の眼差しに射貫かれたい！　むしろもっと鋭い視線でもいいぞ！」

「それじゃ睨《にら》むことになっちゃうよ」

「睨んでもいい。……いや待て、ここで睨まれたら身体が興奮しすぎて歩けなくなるかもしれないな……」

ヴェインが何やらブツブツと独り言をこぼしている。端から見ると不審者だが、そういう姿もまたノアは楽しくて好きだった。

変な行動を繰り返すヴェインをずっと見ていたいと思い、ノアは笑みを深める。ヴェインの歩き方が更におかしくなったとき、不意にノアは誰かに見られているような視線を感じた。

ぞわりと背筋が凍るようなそれに、思わずびくんと身体が跳ねる。

するとヴェインが、驚いた顔でノアを見た。

「どうした？」

「今、誰かに見られていた気がして……」

「本当か？　……それなら、さすがに俺が先に気づくと思うんだが」

怪訝そうな顔でヴェインは辺りを見回し、あっと声を上げた。

通りの向こうから一人の男がゆっくりと近づいてくる。

　杖を片手に近づいてくる男はヴェインによく似ていた。柔和な笑顔を浮かべているため彼ほどの厳つさはないが、ノアはなぜか逆にヴェインより冷たい印象を覚える。

（なんでだろう、こんなに優しそうな人なのに……）

　不思議に思っていると、ヴェインが「あれは兄だ」と微笑《ほほえ》む。

「もしかして、あの英雄の？」

「知っているのか？」

「ヨルクでも、すごく有名だから」

　答えると、よかったら紹介させてほしいとヴェインは言う。断る理由もなかったのでロイのほうに近づけば、彼はノアに笑いかけた。

「もしや、君がヴェインの……？」

「俺の恋人のノアです。ノア、こちらは俺の兄のロイだ」

　紹介に合わせて恭《うやうや》しくお辞儀をすると、ロイがじっとノアを見つめる。

　優しい笑顔を浮かべているが、値踏みをされているようで少し落ち着かない。ふさわしくないと思われているのではと不安になるが、ロイは笑みを深めた。

「ヴェインは、君に迷惑をかけていないかね？」

「いいえ。私がいつも甘えてばかりいます」

「ならよかった。この通りの弟だから、恋人に嫌われていないかと心配だったんだ」

「嫌うなんてありえません」

素直に言えば、ロイは驚いた顔でノアを見つめる。

「君は、弟が怖くはないのかね？」

「面白いとは思うけれど、怖いとは思いません」

「弟が、面白い？」

「とても面白いです」

「こんな弟が？」

「面白くて格好いいです」

嘘のない言葉だったのに、ロイには意外そうな顔をされる。

それを、ノアは少し不思議に感じた。

（面白いのはヴェインの素だと思ったけど、家族の前ではそれを出していないのかな？）

普通は家族の前でこそ素が出そうなのにと考えていると、ヴェインが照れたようにノアの手をぎゅっと握る。

「それ以上言われると、恥ずかしい……」

そんなヴェインの反応に、ロイが驚いた顔をする。

「……確かに、こんなに面白い弟は初めてかもしれない」

「兄上もからかわないでください」

「いやいや、喜んでいるんだよ。……そうか、お前も恋によって変わり始めたんだな」

ロイの言葉に、ヴェインは恥ずかしそうな顔になる。だが「そこらへんで……」とヴェインが言いかけた瞬間、穏やかな空気が突然凍りついた。

激しい馬のいななきと、倒壊音がすぐ側で響いてきたからだ。

「誰か助けてくれ!!」

切羽詰まった声が聞こえ、三人は息を呑む。どうやら馬車の事故があったらしい。

「ヴェイン、あれ……」

三人から少し離れた場所で、大きな荷車が街灯にぶつかり横転している。

倒れた馬を落ち着かせようと人が集まっているが、逆に馬は暴れ更に怪我人が出そうな勢いだ。そして騎士はまだ到着していないらしい。

「ノア、すまないが行ってくる。兄上は、騎士を呼んできてください!」

事故現場を見るなり、ヴェインは急いで駆け出した。そしてロイも踵《きびす》を返す。

足の悪いロイを見て彼について行こうかと思ったが「すぐ側に部下がいるから不要だ」とヴェインのほうに行くよう促される。

頷きながらヴェインを追うと、横転した馬車の下で倒れている御者の姿が見えた。

意識はあるようだが、苦しげな声が絶えずこぼれている。荷車に下半身を挟まれてしまったらしい。

「俺が手を貸そう」

ヴェインがそう言って前に進み出ると、不意に強い風が吹いた。風でフードが取れてしまい、その下から現れた顔に馬車を取り囲んでいた人々が戦《おのの》き身を引いた。

「呪い持ちの騎士だ……」

「皆、目を合わせるな……！」

そんな声さえ聞こえてきて、ノアは啞然とする。

だがヴェインは冷静な顔のまま、暴れる馬を落ち着かせていた。

人々には恐れられるが、馬はヴェインの目を見るなりいなきを収めた。ヴェインの大きな手が手綱を持つと、馬は長い鼻っ面を彼の身体にぐっと押しつける。

「大丈夫だ。お前の主人は助けてやる」

馬の背中から馬具を外すと、ヴェインは倒れた荷車に手をかけた。

「荷車を動かすから、もう少しだけ耐えてくれ」

御者に向かって声をかけた直後、横転していた荷車がギシリと音を立てて浮き上がる。

荷車には大量の荷物が固定されており、とてもではないが人間一人の力で起こせるものではない。だがヴェインは石でも持ち上げるように軽々と持ち上げた。

「今だ、出ろ」

ヴェインの言葉に御者は慌てて這い出し、ノアが手を貸して身体を立たせてやる。泥を払いながら怪我はないかと確認すると、御者は頷いた。それを横目で見ていたヴェインは、持ち上げた荷車を立て直し再び地面に下ろす。

車輪が地面につくと、ズシンと大きな音が響いた。

ノアはヴェインの人外じみた力に驚いたが、御者を含む周りの人々は驚くだけではなく恐怖を覚えたらしい。慌ててヴェインから離れ、誰もが彼もが気味悪そうな顔で見ている。

助けてもらった礼も言わず、ノアの後ろに隠れるように立っている御者の姿に彼女は腹を立てた。

「怪我がないのなら、お礼くらい言ったらどうですか？」

御者を睨むと、彼は気まずそうにうつむく。

「だがあの騎士に関わると、呪いがうつるって……」

「そんなわけありません。私はずっと一緒にいますけど、うつってません」

「いや、でも……」

などともごもごしている御者を見かね、ノアはヴェインにずんずん近づいていく。

近づいてくるノアにヴェインが怪訝そうな顔をした直後、彼女は逞しい身体に猫のように飛びついた。

「ほら、平気でしょう！」

ノアの行動に人々は戦く。

一方ヴェインは、飛びついたノアを受け止めながら顔を空に向け何やら呻いている。ちらりと見た限り、幸せそうな顔だった。

「受けた恩より根拠のない噂を信じるなんて、人としてどうかと思います」

だからお礼を言いなさいと主張するノアに、御者はようやく自分の行いを反省したのだろう。慌てて謝罪と感謝の言葉を口にすると、そこでヴェインは我に返って顔を引きしめた。

「礼も謝罪もいらない。騎士として当然のことをしたまでだ」

それより怪我はないかと心配をする姿に、御者は恐縮しながら「大丈夫です」と頷く。

そんなやりとりをしていると、ロイと騎士たちがこちらにやってくる。

どこかほっとした顔をして、ヴェインは騎士たちに軽く手を上げた。

「自分はこれから用事がある故、あとは部下たちに任せる。見たところ怪我はなさそうだが、念のため病院に行っておくといい」

そう言って銀貨を御者に手渡すと、ヴェインはノアの手と荷物を摑み直す。

その後駆けつけた騎士たちに簡単な事情を告げ、ヴェインはロイの前に進み出た。

「お前がいたら、他の騎士の出番はないな」

ヴェインがすでに御者を助けた後だと知ると、ロイが感嘆の声を漏らした。

「むしろ、後始末を押しつける駄目な男ですよ」

「元々非番なんだからかまわないさ。それに、その子を送っていくのだろう？」

ロイの言葉で、ノアは約束の時間が迫っていることに気づく。

すると「どうぞ行ってください」と騎士たちがヴェインに声をかける。それに同意するように、ロイも頷いていた。

「後は任せなさい。それでは、弟をよろしく頼む」

ロイは笑い、若い騎士たちと倒れた馬車のほうに向かう。

その途端、周りを取り囲んでいた者たちがロイを見て歓声を上げた。

ヴェインへの態度とはあまりに違って驚いていると、ノアはそっと腕を引かれる。

「行こう、あとは兄さんが上手《うま》くやってくれる」

「ロイさんって、人気者なんだね」

「ブレイズ討伐作戦を率いた英雄だからな」

「でも実際に倒したのはヴェインだし、同じく英雄なんでしょう？　だったらもっと人気があってもいいのに」

ノアはモヤモヤとしていたものを抱えてしまう。

「たとえ呪いがあっても、すごいことに変わりはないのに……」

「俺の呪いは、特別な竜のものだからな。皆が怖がるのは仕方がない」

言いながら、ヴェインはどこか寂《さび》しそうに笑った。

邪竜と呼ばれる存在の恐ろしさは、ノアも知っている。故郷ヨルクも、長い間邪竜の存在に苦しめられてきたのだ。

邪竜とは、特殊な病にかかり狂ってしまった『竜』のことを指す。

大抵の竜は小型で大人しく、馬や牛などと同様に騎獣として扱っている。

本来は気性が大人しく人に従順なのだが、竜は希に狂ってしまう。

狂った竜はその姿を禍々しいものに変化させ、人を含む他の生き物を喰《く》らい戯《たわむ》れに殺める残虐さを持つようになる。

そして狂った竜の吐く炎に焼かれた竜もまた狂い、人を襲うようになるのだ。

負の連鎖が起きないよう狂った竜はすぐ処分されるが、野生化したものも多く存在していた。それらは総じて『邪竜』と呼ばれ、その中でもひときわ凶暴な『ブレイズ』と呼ばれる雌の竜を倒したのがヴェインだった。

ブレイズはイステニアとヨルクの間にある霊峰に棲《す》み、この辺りの邪竜たちを生み出した根源と呼ばれる女王竜だった。その存在があるがために邪竜の数は減らず、人々は生活を脅《おびや》かされていた。

故に五年ほど前、イステニア騎士団とヨルク国軍が中心となった討伐隊が編成され、ブレイズの討伐が行われたのだ。

約二年かけて行われた戦いの末、ヴェインたちの活躍によってブレイズは倒された。だが、隊には甚大《じんだい》な被害が出てしまい、ヴェインも呪いを受け、以来禍々しい痣が身体には残ってしまったという話だ。

邪竜の炎は竜を狂わせる、だからそれを受けたヴェインも狂うに違いないと考える者も多い。しかし実際は呪いを受けても、人が狂うことはないらしい。ヴェインのように呪いを受けても普通に暮らしている者もあちこちにいる。

だがヴェインが受けたのは女王竜と呼ばれるブレイズの炎だったせいで、人々は呪い持ちの彼を恐れてしまうのだろう。

その気持ちもわからなくはないが、ヴェインが呪いを受けてまでブレイズを倒したおかげでこの数年は邪竜の数も減り街への襲撃もほぼなくなったことを思うと、むしろ人々は功績を称《たた》えるべきだとノアは思う。

「……理由があるとしても、ヴェインが蔑《ないがし》ろにされるのは嫌」

思わずつぶやくと、フードをかぶり直しながらヴェインが笑う。

「君が、自分のことのように怒ってくれるのはなんだか嬉しいな」

「ヴェインは腹が立ったりしないの？」

「元々この顔だし、兄と違って昔から人には遠巻きにされてきた。だからもう、慣れてしまった」

そう言って笑いながらも、やはりヴェインはどこか寂しげだった。もしかしたら慣れたと心に言い聞かせることで孤独に耐えているのかもしれない。

だとしたら、自分だけはヴェインの側にいたい。怖がったりせず、ヴェインが望むまま彼を見つめてあげたくなる。

「みんなが嫌いって言っても、私はヴェインの顔が好きだよ」

少しでもヴェインが寂しくないようにと、ノアはまっすぐに自分の気持ちを口にする。

その途端、恐ろしいと言われる男の顔が情けなく緩みきった。

「それ以上俺を喜ばせないでくれ。優しくされることに慣れていないから、心と顔が崩壊しそうだ」

「顔はもうすでに崩壊してるかも」

背伸びをしながら、緩みきった頬をノアはつつく。

「この顔も、いつか絵にしてもいい？」

「さすがに情けないから、絵にするときは凛々しい顔でいさせてくれ」

そう言って必死に顔を元に戻そうとするヴェインを見上げながら、ノアはくすくすと笑った。

◇◇◇

「待っていたのよ、ノア！　あらもうっ、今日もまたそんなボロボロの格好で！」

「キーラ、そんなにぎゅっと抱きつかれるとさすがに痛いよ」

賑《にぎ》やかなやりとりと共に、玄関先で二人の少女が抱擁《ほうよう》を交わしている。

それをヴェインは少し離れた場所から眺めていた。

（俺だって、さっき抱きしめてもらったし……）

などと情けない言葉を心の中で繰り返す自分に気づき、ヴェインはため息をついた。

今日のノアの仕事先は、彼女と親交のある伯爵家だ。

ネルヴァ伯爵家は数年前に不幸な事故が起き、ノアと同い年の少女キーラが当主を務めている。まだ若いが女性起業家としても有名で、イステニアいち大きな百貨店を構え、様々な事業に投資しているそうだ。芸術にも関心が高く、ノアのような画家や音楽家たちを招いて作品を作らせては貴族や商人に売り込んでいる。

時には自分の百貨店で展覧会をすることもあり、ノアともそこで出会ったと聞いていた。

展覧会を見に来たノアが顔や服に絵の具をつけていたのを見て画家だと気づき、興味を引かれたキーラが声をかけたのだそうだ。その後、描いた絵を見せることで仲良くなり、今ではキーラの一番のお気に入り画家となっている。

「それで、今日は何を描けばいいの？　キーラもお見合い用の絵が欲しくなったの？」

「私は結婚しないからいいのよ。かわりに、今回は少し変わった依頼を受けてほしいの」

キーラがノアを連れて屋敷の奥に向かおうとする。それを見たヴェインが「またあとで」と屋敷を出ようとすると、ぎゅっとノアに裾を摑まれた。

「キーラ、ヴェインも一緒じゃ駄目？」

ノアの言葉に、キーラはようやくヴェインの存在に気づいたらしい。

「……待って、ヴェインってまさか……」

ヴェインは挨拶をしていなかったことを思い出し、ためらいつつもそっとフードを払いのけた。戦く少女の顔を見て、やはり顔をさらすべきではなかったと思ったが、次の瞬間キーラの表情が予想外の方向に変わった。

「もうっ！　せっかく恋人ができたのにあなたはなぜそんな格好なの!!」

絵の具がついたノアのスカートをキーラがぎゅっと握りしめる。

「恋人だって、よくわかったね」

一方ノアは、不思議そうな顔で首をかしげるばかりだ。

「あなたがお手伝い以外の人を連れてくるなんて今までなかったもの。その上相手はあの伝説の騎士ヴェイン様だなんて！」

キーラはヴェインの前で恭しくお辞儀をする。自分に物怖《ものお》じしない年頃の女性はノアを除けば初めてだった。

「それで馴れ初めは？　ノアとはどこで出会ったのですか？　この子のどこが好き？」

その上キーラは勢いがすごい。挨拶もろくにできないままグイグイ来られ、ヴェインは困り果てる。

（でもまあ、これくらいの勢いがあるからこそノアとも仲がいいのかもしれないな）

ノアは基本、他人には近づかない。一度懐いてくれればくっつき虫になるが、それまでは猫のように警戒心が強いのだ。そんなノアがキーラには心を許しているのは、この勢いで迫られ逃げる隙を与えられなかったからに違いない。

二人が仲を深める過程は賑やかで可愛かっただろう。そんな様子を見たかったなと笑いながら、ヴェインはノアとの出会いを手短に話した。

とはいえ、ノアの視線に射貫かれて勃起しかけたあたりは伏せた。目をえぐり出したいと言ってしまったことも同様に伏せ、絵を描く姿に一目惚れしたことにしておく。

「わかるわぁ。絵を描いているときのノアは、すごく素敵よね！」

「そうなんだ！　彼女の凛々しい顔は本当に素晴らしい！」

ただし、ノアの話になるとつい興奮が抑えきれない。キーラと一緒になってノアの良さについて盛り上がっていると、またぎゅっと袖を引かれた。

「私、絵を描きに来たんだけど」

不満そうな顔で言うノアを見て、ヴェインたちは我に返る。

「ああ、すまない。自分は気にせず、二人は仕事をしてくれ」

「いえ、せっかくですからヴェイン様も奥にどうぞ！　実を言うと今日の仕事は、あなたにもちょっとした関わりがあるものなんです」

どういう意味だろうと思いつつ、袖を摑むノアの手も離れないのでそのまま ついて行く。

案内されたのは書斎で、中央に置かれた応接用のソファーテーブルには小説らしき原稿と、騎士がスケッチされた紙がたくさん並んでいた。

スケッチを見るなりすっ飛んでいくノアを眺めながら、ヴェインは勧められたソファーに腰を下ろす。

「実はね、ノアに本の挿絵を頼めないかと思って呼んだの」

「私、挿絵なんて描いたことないよ」

「でもあなたの素描ってとても味があって素敵でしょう？　あの絵をぜひ、挿絵にできたらって思っていたの。ちなみに、テーブルに置いてあるのは参考用の挿絵よ」

「これは鉛筆画？」

「それを、特別な印刷機で複製した物なの。実際はこれより少し濃い目に描いてもらうことになるんだけど、どうかしら？」

キーラの説明を聞きながら、ノアはテーブルの上の挿絵を手に取った。

「まあ確かに、この感じでいいならできるとは思うけど……」

僅かに、ノアの表情が曇る。

「私、本を読むの苦手なんだ……。挿絵って、読まないと描けないでしょう？」

「そんなに難しい本じゃないから大丈夫よ。女性向けの恋愛小説で、出てくるのはヴェイン様に似ている騎士だからきっと親しみもわくわ」

「ヴェインに似てるの？」

「俺に似ているのか？」

二人の声が重なり、キーラが小さく笑う。

「これは、とある国のお姫様と邪竜殺しと呼ばれる騎士の恋物語なの。騎士は呪いのせいで余命幾ばくもないんだけど、お姫様に恋をしてしまうのよ」

「でも、最後は死んでしまうの？」

不安そうなノアに、キーラは慌てて首を横に振った。

「最後はお姫様の愛の力で呪いは解けるわ。ただ長い巻数になる予定だから、ハッピーエンドはだいぶ先だけど」

そして最後の巻まで、ノアに挿絵を担当してほしいのだとキーラは告げた。

「ちなみにこれを書いたのは私の知り合いの作家なんだけど、騎士のモデルはヴェイン様らしいわ」

キーラは楽しげに言うが、ヴェインは不安を覚える。

「それは大丈夫なのか？　俺は人に好かれるタイプではないし、モデルにして本が売れるとは……」

「確かにあなたを怖がる人も多いけど、尊敬している人だっているもの。それにミステリアスな騎士のほうが、物語も盛り上がるじゃない」

ミステリアスという言葉にノアとヴェインは同時に首をひねったが、キーラはこの本が売れると確信しているらしい。

「モデルとなった騎士の恋人が挿絵を描くなんて、とってもロマンチックでしょう！　だからぜひノアにはこの仕事を受けてもらいたいの」

「まあ、ヴェインを描くのは好きだからかまわないけど……」

言いながら、ノアは参考用の挿絵に目を戻す。

「これ、裸の絵もあるけどどういうこと？」

「そりゃあ恋愛小説なんだから、そういうシーンも必要でしょう」

「そういうシーン？」

ノアはいまいちピンときていないようだが、ヴェインはすぐさま狼狽《うろた》える。

「……ま、待て!?　それはつまり、夜の場面もあるのか!?」

「もちろんよ！　冒険とロマンス、そして恋人たちの熱い夜は恋愛小説の醍醐味よ！」

キーラの勢いに飲まれつつも、ヴェインの胸中は複雑だ。

（現実の俺はまだキスもできていないのに、この物語の騎士はそんなところまで関係が進んでいるのか……）

モデルであって同一人物ではないが、それでも羨ましいと思わずにはいられないヴェインである。

「あとできるだけ、騎士はセクシーに描いてね。この水浴びのシーンとか、ぜひ挿絵で欲しいの」

「つまり、全裸ってこと？」

「股間は上手く隠してね」

「隠す以前に描けるかどうかちょっと心配だな。私、男の人の裸体ってあまり描いた経験がないから」

そういう仕事もあったが、相手は逞しさとはほど遠い男性ばかりだった。

騎士の身体は未知の領域だと思いつつ、ノアはじっとヴェインを見つめた。

「あと私、見たものじゃないと上手く描けないの。だからモデルがいると思う」

「……その目は、もしや俺にモデルをしろと？」

「登場人物のモデルだし、ちょうどいいかなって。それにヴェインも私に自分を描いてほしいって言っていたでしょう？」

「たしかに、君に絵にしてもらえるのは嬉しいが……」

問題は、裸であることだ。つまり彼女の視線に興奮していることも、馬鹿みたいに股間を熱くしていることも白日の下にさらされてしまう。

「俺は顔だけでなく身体にも傷や呪いの痣があるし、本の挿絵にするのは向かないと思うが……」

そう言ってうつむけば、ノアは何か言いたげな顔でじっとヴェインを見つめる。

彼女の期待に応えたい気持ちはある。しかしまだキスもできていない状況で自分の異常な性癖をさらせば、さすがのノアも怯えかねない。そう思うとどうしても首を縦には振れなかった。

「……わかった」

黙り込んでいると、ノアは渋々引き下がる。

「キーラ、参考用にこういう挿絵をもっともらえる？　それを見て、描けるかどうかやってみる」

「もちろんよ！　その他にも必要な物があればなんでも言ってね！」

二人は作業期間や報酬の話をし始める。

ひとまずヌードモデルを回避できたことにほっとしつつ、心の奥ではそれを少し残念に思っている自分にヴェインは呆れ果てた。

第三章

キーラの仕事を受けた後、ノアが題材の原稿を読み終えたのは六日後のことだった。普通なら二日もあれば読める物らしいが、ノアは昔から文字を読むのがとてつもなく遅いのだ。

だからヴェインに朗読してほしいとお願いしたが、ものすごい勢いで拒絶された。

モデルである彼が朗読してくれればより頭に入るのにと思ったが、恥ずかしいからと固辞され仕方なく一人で頑張るほかなかった。

「でもこれ、やっぱり難しそうだなぁ……」

原稿を読み終えてみて思ったが、とにかく裸のシーンが多い。

一巻目ではまだ濡れ場はないが、騎士がとにかくよく脱ぐのだ。

水を浴びていたり、雨に降られたり、訓練で汗をかいたりと、騎士はことあるごとに半裸になり、その筋肉を称える文章が出てくる。

そしてそういう箇所にばかり、挿絵が欲しいとキーラは言っていた。

「ヴェインに見せてほしいけど、あの感じだと無理かなぁ」

手にした原稿を置きながら、ノアは側のベッドにごろんと横になる。

裸くらいいいじゃないかと思うのだが、ヴェインは許してくれない。服を着ている姿なら参考にしてもいいと言ってくれたが、脱ぐのは絶対に駄目だと頑なだった。

「恋人は裸を見せ合う関係だって兄さんが言っていたけど、あれは嘘だったのかな」

なぜ見せ合うのか知らないけれど、そういうものだと豪語していた兄の姿を思い出すと同時に、ノアはあっと声を上げた。

「そうだ、兄さんもああ見えて結構鍛えてたんだった」

芸術の才能がからっきしな兄ファルコは一時期ヨルクの国軍に所属し、ヴェインもいた邪竜の討伐隊にも参加していたのだ。

ただ兄は、臆病風に吹かれて土壇場で逃げ出してしまったらしい。

そのおかげで生還できたと思うとノアは嬉しかったが、家族は軍人にもなりきれない兄に呆れていた。更に女性とのもめごとも重なり、ヨルクの生活に辟易《へきえき》したファルコはノアと一緒にイステニアにやってきたのだ。

そんな経緯もあり、ファルコの身体は鍛え上げられている。だから裸は兄に見せてもらおうと思いついた途端、ノアは居ても立ってもいられなくなる。

実は兄の裸体も、いつか絵にしてみたいと思っていたのである。

今までは頼むたびに「俺はただでは脱がない男なのさ」などとはぐらかされていたが、仕事だと言えばさすがに協力してくれるだろう。

「ヴェイン、ちょっと出かけてくる！」

急いで身支度を調えスケッチ用の画材をかき集めながら、ノアは声を張り上げる。

だが返事がなく、彼女は僅かに首をかしげた。騎士団の訓練を終えたヴェインがアトリエに来たのはつい先ほどのことで、すぐに帰るなんてありえない。

不思議に思って居間に行くと、『夕食の食材を買ってくる』というメモが置かれていた。ヴェインの文字は美しく、ついうっとりと眺めてしまう。このメモも絵にしたいなと考えていると、不意に誰かがメモをひょいとつまみ上げた。

「ちょっとノアちゃん？　男ができたとか、お兄ちゃん聞いてないいんだけど？」

戸惑う声に釣られて顔を上げると、メモをつまみ上げたのはちょうど会いたいと思っていた兄ファルコであった。兄の手からメモを奪い返そうとするが、ノアには届かない高さに持ち上げられてしまう。

「返して」

「その前に、お兄ちゃんに言うことがあるでしょうよ」

「脱いでくれる?」

「余計に混乱させるのやめてくれるかな!?」

自分を見下ろす兄は今日も無駄に顔がいい。情けない顔をしていてもなお華がある。

（それにしても、今日の髪は、いつにも増して派手だなぁ……）

画家に化けるためか、近頃ファルコは髪を色々な色に染めている。少々奇抜なほうが画家らしく見られるのだと言って、月に一度は色をころころ変えていた。

落ち着いた色のときもあるが、今は鮮やかなピンク色で目にまぶしい。だがこんな色でも、きっと女性には大人気なのだろう。首元には、口紅がべったりついている。

「それで、何か言うことあるでしょうが」

兄にじっと見つめられ、ノアは我に返った。

「兄さん、来月までヨルクに行くって言ってなかった？」

「うん。でもやっぱり実家は居心地が悪くて、早々に帰って来ちゃった」

「お父さんとまた喧嘩《けんか》した？」

「うん、毎日した……じゃ、なくて!!」

今日も兄は騒がしく、それが心地よくてノアは笑う。

街中の女性たちを虜《とりこ》にする男前な兄だが、妹の前でだけはこうして間の抜けた顔を見せることも多い。そしてその顔が、ノアは大好きだった。

「笑ってないでちゃんと説明しなさい。脱ぐって、いったい何なんだよ？」

「兄さんの裸が見たいの」

「余計に意味がわかんないんだけど……」

「裸を描きたいの。仕事で必要だから」

明らかに説明が足りていないが、付き合いの長い兄は妹の言いたいことを読み取る術《すべ》に長《た》けている。

「なに、ヌードの依頼でも来た？」

「小説の挿絵の仕事。騎士がいっぱい脱ぐの」

「あー、なんとなく把握。ノアは見たことないもの描けないもんな」

「だから脱いで」

「うーん、それは……。っていうか、その前にこれは？　これはなに？」

ヴェインのメモを顔の前でちらつかされ、ノアは慌てて手を伸ばす。

「それ、絵にしたいから返して」

「絵にするってことはモチーフなのか。……明らかに男の字だから焦ったけど、まあそうだよな、ノアだもんなぁ」

何やら納得すると、ファルコは元あった場所にメモを置く。

それにノアが満足すると、兄は部屋をぐるりと見渡した。

「それにしてもずいぶん片付いてない？」

「片付けた」

片付けたのはヴェインだが、ノアの意識はすでにファルコの裸体に向いており補足が抜けていた。兄のジャケットを脱がせようとすれば、落ち着けというように苦笑される。

「おい、まだ脱ぐって言ってないだろう」

「でも乳首とお尻が上手く描けなくて」

「……そういうことを、年頃の娘が言うんじゃありません」

「でも描けないと、仕事なくなっちゃう」

落ち込めば、兄は渋々といった顔でジャケットを脱いだ。

「でも全裸にはならないぞ。チラ見せが限界だ」

「ケチ」

「妹に裸見せるとか、めっちゃ気まずいんだよ」

「じゃあ乳首とお尻だけでいいから」

「……チラ見せの中でも難易度高すぎだろ」

ノアは強引に脱がせようと、シャツのボタンに指をかけた。

「お前ほんと、こういうとき無駄に押しが強いよな」

こうなったノアが言うことを聞かないことを知っているファルコは、せめて服を脱ぐならベッドの上でと寝室に向かう。

「こっちも片付いてるな」

「片付けたの」

ヴェインが、という説明をノアはまたしても忘れた。

「ノアちゃんが掃除に目覚めるなんて、お兄ちゃんは大感動だよ」

「いいから黙って脱いで」

「はいはい」

呆れながらも、ファルコはシャツのボタンをすべて外す。

「下も脱いでね」

「え、本気でお尻見せなきゃだめなやつ？」

「下着はつけていていいけど、ズボンはいらない」

「いくら仕事のためとはいえ、妹の前でパンツ一枚になるのは抵抗があるんだけど」

「じゃあ全部脱いでいいよ」

「さりげないむちゃぶりやめてくれよ……」

そう言いつつ、ファルコがベルトを緩め膝《ひざ》までズボンを下ろしたとき、寝室のドアが開いた。振り返らずとも誰だかわかり、ノアは笑顔になる。

「あっ、ヴェインおかえり！」

にこやかなノアとは裏腹に、部屋に入ってきたヴェインとズボンを脱ぎかけているファルコが強ばった表情で見つめ合っている。

「……」

「……」

長い沈黙が流れたあと、ようやくノアが「あれっ？」と首をかしげた。

その直後、ヴェインが腰に佩《は》いていた剣を思い切り引き抜く。

「ノア、家に不審者を入れるんじゃない！」

「いやいやいや、俺からしたらそっちのほうが不審者なんだけど!?」

言いながらズボンを上げようとしたファルコが、体勢を崩してずっこける。そんな兄に剣を向けるヴェインを見て、ノアは「剣を持った姿も絵にしたいな」とのんきなことを考えていた。

「ノアちゃん!?　そんなうっとりした顔してないで、この状況を説明して！　その騎士さんの誤解を解いて!!」

ファルコの叫び声で、ようやくノアは我に返った。

「あのね、これから服を脱ぐところだったの」

「言い方!!」

ヴェインの視線が鋭くなり、ファルコが情けない声で叫ぶ。

「ノアが純粋なのをいいことに、貴様、事に及ぶ気だったのか!!」

「違うから！　さすがに妹にそんなことしないから!!」

ファルコは脱いだジャケットから名刺を取り出し、ヴェインに投げつけた。

「不審者じゃなくてお兄ちゃん！　俺、お兄ちゃん!!」

名刺を拾い上げ、ヴェインははっと顔を上げる。

「ファルコ……？　まさか、ファルコ＝ランバート中佐ですか？」

ヴェインの言葉に、ノアは再び首をかしげる。

(中佐って、たしか兄さんが軍にいたときの階級だよね？)

ファルコは軍でのことをあまり話さないが、「ノアにだけ特別に打ち明ける」と少しだけ教えてくれたのだ。

とはいえ何事にも疎いノアは兄の階級が上なのか下なのかもわからず、「なんか格好いいね」という感想しか返せなかった。ノアの反応をファルコは妙に面白がっていたが、それ以降軍に関する話題が出たことはない。

なぜ赤の他人のヴェインが知っているのかと考えていると、ファルコがズボンを上げ直す。突きつけられた剣先を軽く指で弾きながら、ファルコはにやりと笑った。

「軍は辞めたんだ。今は妹の稼ぎで食っている、絵描きもどきだよ」

「も、申し訳ありません。髪の色が前とあまりに違うので、中佐だとは気づかず……」

その言葉にヴェインが剣を下ろすと、ファルコは僅かに目を細める。

「中佐はよしてくれ。今はただの『ファルコ』だからね」

女性に向けるような流し目を浴びせられたヴェインは、何かを悟ったような顔で頷く。

ノアの目には二人が視線だけで会話をしているように見えて、更に不思議な気持ちになる。

「二人は、知り合いなの？」

尋ねると、ファルコがシャツのボタンを留めながら口を開く。

「お互い、邪竜ブレイズの討伐作戦に参加していた身だ。……もっとも英雄殿と違って、俺は地味な兵士だったから覚えられているとは思わなかったよ」

「いえ、地味どころか……」

「いや、地味だっただろ？」

にっこり笑うファルコに、ヴェインが慌てて頷いた。

「じ、地味でした」

明らかに言わされているとわかり、ノアはなんだか申し訳ない気持ちになる。

「嘘つかなくていいよ。どうせ兄さん、軍でも女遊びとかして目立ってたんでしょう？」

「いや、それは、その……」

ヴェインが困っていると、ファルコがノアに不満そうな顔を向けた。

「お兄ちゃんだって、真面目に仕事してたときがあるかもしれないだろ？」

「想像できない」

「ノアは、お兄ちゃんに辛辣《しんらつ》だよね」

「だって兄さんはいつも女の人と一緒にいる。そのせいで、最近は絵の仕事だってなかなか持ってこないし」

肖像画の仕事や、キーラからの依頼が入っているからいいものの、最近ファルコが持ち込む仕事の数が減っていた。

ノアの絵で有名になった兄の元には多くの仕事が舞い込んでいるはずだが、女性との交遊で忙しいのかろくに引き受けてくれないのである。

兄がヨルクに戻っていたのは仕事を取ってくるためのはずだが、首のキスマークから察するに女性と遊んでいたに違いない。だからこそ実家で親と喧嘩し、早々に引き上げてきたのだろう。

「そんな顔をするなよ。お仕事はちゃんと持ってきたからさ」

「本当？」

「ああ。どれもお前が好きそうなモチーフばかりだぞ」

手渡された依頼書を、ノアは奪うように受け取る。だがすぐに、がっかりした表情でそれを突き返した。

「風景画は描かないって前に言ったよね」

「でも、風景画は好きだろ？　特にお前が大好きな湖水地方の絵を欲しいって奴が――」

「絶対に、描かない」

ファルコの言葉を遮るように、冷たく言い放つノアにヴェインは驚いた。ノアが強く拒絶をするところを、初めて見たからだ。

「兄さんの持ってきた仕事はしない。だからやっぱり脱いで」

「いや、さすがに英雄殿の前で脱げというのは……」

「ヴェイン、剣を貸してくれる？」

「まさか中佐を脅《おど》して脱がせる気か？」

「ううん。これで服を引き裂くの」

「……危ないから、それはやめたほうがいいと思うぞ」

ヴェインの言葉にノアがむくれる。それをなだめるように、ヴェインが大きな手で頭を撫でると彼女の怒りは続かなくなる。

ヴェインの手は心地よすぎて、激しい感情が優しく溶かされてしまうのだ。

とはいえ、猛烈に絵を描きたい気持ちだけはさすがに消えない。だからどうしても脱いでほしいと兄に目で訴えていると、ヴェインが大きなため息をついた。

「あまり無理強《むりじ》いをしては駄目だ」

「でも……」

「今はまずは食事にしよう」

「食事より絵を描きたい」

「いいのか？　今日はいい肉が手に入ったから特大ステーキにする予定なのに」

「やっぱり食事にする」

ステーキはノアの大好物で、ヴェインの味付けと焼き加減は最高なのだ。

単純なノアはあっけなく食べ物に釣られ、機嫌を直してヴェインにぎゅっと抱きつく。

「あんた、妹の扱いめちゃくちゃ上手いな」

「この三週間でだいぶ慣れました」

「そんな前からここに入り浸っているのか？」

「一応恋人ですので」

ヴェインの言葉にファルコが複雑そうな顔をする。そしてヴェインも気まずそうな顔をしている。男二人がなんとも言えない空気になっている一方、のんきなノアの意識はまだ見ぬステーキに奪われ、一人ニコニコと笑っていた。

◇◇◇

（なんだか、奇妙なことになった……）

食事を終えたあと、睡魔に負けたノアを膝枕することになったヴェインは、一人の男と見つめ合う羽目になっている。

ノアの兄であり、かつて邪竜ブレイズの討伐にも参加していた軍人ファルコ＝ランバート。彼の視線からは、未だ考えが読めなかった。

ノアは全く気にせず爆睡しているが、鋭いような生暖かいような眼差しにさらされたヴェインは胃が痛かった。

（やはり、妹はお前にやらん……とか言われるのだろうか）

ヴェインの作った夕食を「美味《うま》い」と満足げに食べていたし、食事の席では賑やかな雑談もあった。大半は彼が付き合っている女性に関するのろけ話だったけれど、少なくとも彼は楽しげだった。

だがノアが「ちょっと寝る」と言うなり、ソファーに座っていたヴェインの膝に頭を乗せて寝た途端、ファルコは寡黙になってしまった。

持参したワインを傾けながら、じぃーっとこちらを観察する眼差しは兄妹だけあってノアとよく似ている。

（けれど、やっぱりノアとは違う……。居心地が悪い……）

ファルコの視線にも興奮したらそれはそれで問題だが、改めてノアは特別なのだと実感する。そのせいでつい、膝の上に乗ったノアの頬を撫でてしまう。途端に、ファルコが音を立ててワイングラスをテーブルに置いた。

てっきり怒られるのかと慌てて手を放すと、ファルコが椅子を引きずって側までやってくる。ノアが起きるのではと思ったが、ファルコは気にしない。

「こいつは一度寝ると、てこでも起きない。だから少し、話をしようか」

「話……ですか」

「そう身構えなくていいよ、軽いおしゃべりだ。……ただし、その眼帯を外してくれるか？」

ファルコの言葉に、ヴェインは戸惑う。そして僅かだが、久方ぶりの恐怖を感じた。

なぜならこの男は、自称する『地味な兵士』とはかけ離れているのである。

「……かまいませんが、先に一つ確認しても？」

「ん？　なんだい？」

「ノアに、あなたのことはどこまで隠せばいいのですか？」

問いかけに、ファルコは満足げな笑みを浮かべた。

「君があの戦いで目にしたことすべてさ。家族は俺のことを戦場から逃げ出した腰抜けだと思っているし、その認識を改めさせたくないんだ」

「中佐が腰抜けだなんてありえない……」

「だが、君だって俺の噂は知っているだろう？　それにまあ、馬鹿にされているほうが都合のいいこともあってね」

軽薄そうな笑みを浮かべるファルコを見て、ヴェインは言葉を失う。

なぜならこの男は、戦場から逃げ出した腰抜けではない。ヴェイン同様英雄と呼ばれるに値《あたい》する指揮官だったのだ。

邪竜の討伐作戦はイステニアの王立騎士団とヨルク国軍、そして他の周辺国からの有志による共同作戦であった。

最高司令官は兄のロイだが、実働部隊を率《ひき》いる現場指揮官を務めたのは主にヨルクの軍師たちで、その中でもファルコは特に有能だったのだ。

ヴェインたちが邪竜ブレイズを討伐した際、隊を率いていたのも彼だった。

だが討伐に成功したものの隊は壊滅し、生還したのはヴェインたち数人。そのほとんどが呪いを受けた中、ほぼ無傷だったファルコは『土壇場で逃げ出したのでは』と噂されてしまったのである。

「あなたは誰よりも勇敢でした。呪いを受けなかったのだって、本当は……」

「君がかばってくれたおかげだ」

「ですがそのせいで、あらぬ誤解を受けたと聞きました」

ヴェインは戦いのあと一年ほど昏睡状態に陥ってしまい、目覚めたときにはファルコは軍を辞めたと聞かされたのだ。

ファルコの噂と誤解を解こうとしたが時既に遅かった。『気にするな』と彼から手紙をもらった後も、直に会って謝罪をしたいと思っていたが今まで行方がわからなかったのだ。

（しかしまさか、ノアの兄だったたなんてな……）

名字は知っていたが、ランバートという名字はヨルクではありふれたもので、家族だとは思っていなかった。

「申し訳ないと思うなら、家族には軍でのことは伏せておいてくれ。ただでさえ芸術の才能もないつまはじき者なのに、血なまぐさい荒事ばかりが得意だと知られたら更に距離を取られかねない」

「ノアは、気にしないと思いますが」

「それでも、何の才能もない女好きの兄として扱われたいんだよ。ほら、ノアの冷たい視線ってそそるだろ？」

頷きかけて、ヴェインは慌てて動きを止める。

そんなヴェインの様子に、ファルコは楽しげに笑った。

「しかしまさか、英雄殿がよりにもよってノアに惚れるとは」

「申し訳ございません」

「なぜ謝る。君なら大歓迎だよ」

「ですが俺は……」

ヴェインは言葉を切り、先ほどファルコに言われたとおり眼帯を外す。

現れた異形の目を、ファルコがじっと見つめた。

「邪竜の呪いは、今も健在のようだな。それもずいぶんと深い呪いだ」

「ですが、ノアを傷つけるようなことは絶対にしません。だからどうか、側にいることを許可していただけませんか」

頭を下げると、ファルコが笑いながらヴェインの肩を叩いた。

「俺はいかなる理由があろうと、人の恋路を邪魔したりはしない。それにノアがようやく恋に目覚めたと思うと嬉しくて泣きそうなくらいだ」

「……目覚めたかどうかは、まだ不明ですが」

「君がここに入り浸っているのは見ればわかる。毎日いちゃいちゃしてるのだろう？」

「いえ、ここには彼女の世話をしにきています」

見栄を張っても仕方がないので素直に言えば、ファルコが寝ている妹をじっと見つめる。

「兄の欲目を抜きにしても、うちの子は可愛いだろう」

「可愛いです」

「その妹とそんなにくっついているのに、しているのは世話だけか？」

「……先日、初めて恋人同士のように手を繋ぎました」

ヴェインの言葉に、ファルコが大きなため息をつく。

「妹がすまない。この子は生まれたときから絵に取り憑《つ》かれていて、男女のあれこれを知らなすぎるんだ」

「存じております」

「でも君、よく我慢できているね。寝顔を見てムラッとこないの？」

「寝顔はまだ大丈夫です。絵を描いている表情には、たまらないものがありますが」

思わずそう言ってから、ヴェインは馬鹿正直に打ち明けすぎたと気づく。

案の定ファルコはなんとも微妙な顔をしていた。

「君も、なかなかだな」

「す、すみません……」

「いやいいよ。俺だって人には言えない性癖の一つや二つはあるし」

「二つもあるんですか？」

「そこは流すところだよ」

苦笑すると、ファルコは小さく咳き込み立ち上がる。

「だが絵を描くノアが好きだと言うのなら、これほど嬉しいことはない。……ということで、英雄殿には俺に代わってヌードモデルをしてもらおうか」

「い、いえ……それはあの、俺には刺激が強すぎるというか」

「いっそ、興奮しているところをノアに見せてやれ。そうでもしないと、あれは君を男だ

「いやまあ襲うのもありと言えばありかもしれないが」

「さすがにいきなり襲うようなことはしないだろう？　いやまあ襲うのもありと言えばありかもしれないが」

「彼女の兄として、その発言はどうかと思いますが」

「それくらいしないと妹は一生絵の世界から出てこないからね」

それに……と、ファルコは少し表情を曇らせる。

「ノア本人に自覚はないが、たぶんこの子は人と関わることを怖がっている。キーラのおかげで最近では自分の名で仕事もするようになったが、それまでは俺を隠れ蓑《みの》にした仕事しか受けなかったくらいだ」

「自分の名を売りたいと、彼女は考えていないのですか？」

「元々金や名声に興味がない子だったが、手ひどい裏切りにあって以来絵を描くことだけが妹の生きがいなんだ。……それ以外は自分には必要ないと思い込んでいる」

裏切りという言葉に、ヴェインは激しい怒りを覚えた。

詳しい事情はわからないが、きっとノアは酷く傷ついたに違いなく、彼女を傷つけた相手を引き裂いてやりたいと思わずにはいられなかった。

「もしやイステニアに移り住んだのも、その裏切りのせいですか？」

「そうだ。元々ヨルクは女性の芸術家には優しくないし、イステニアでならのびのびと活動できると思ったのだが、ノアはずっと隠れている」

でもそんな生活は不健全だと、ファルコは思っているのだろう。

「隠れたままでは、せっかくの才能も色褪《いろあ》せてしまう。この子には色々な経験をして、人と知り合い、素晴らしい絵をたくさん描いてもらいたいと思っている」

そこまで言うと、ファルコはヴェインに向かって頭を下げた。

「だから君が、この子に絵以外の世界を見せてやってくれ。情けないことに、俺ではそれができなかった」

「あ、頭を上げてください……。ノアのためなら、もちろんなんだってやります」

「頼むぞ。見たところ珍しく君には我が儘《わまま》を言っているから、適任だと思うんだ」

「誰にでも言うわけではないのですか？」

絵に限ったことだが、自分の主義主張や望みははっきり言うタイプだと思っていたのでヴェインは少し驚く。

「ノアがこんなにも懐くのは珍しいことだよ。それに君はノアの扱いが上手いようだし、相性もばっちりだ」

「だと嬉しいのですが……」

「世辞ではなくこれは本気だ。だからどうか、ノアを頼む」

ファルコの言葉に頷くと、彼は笑みを浮かべた。

「あとそうだ。ないとは思うが妹を泣かせるんじゃないぞ？　軍は辞めたが、射撃の腕はまだ錆《さ》びついてはいないからな」

「暗に、泣かせたら殺すって言ってます？」

答える代わりににっこり笑い、ファルコは席を立った。

（うん、絶対殺す気だな……）

討伐隊にいた頃、ファルコだけは怒らせるなと皆に言われていたのをヴェインは思い出す。ノアを泣かせる気はもちろんないが、彼女と付き合うことは命の危険を孕《はら》んでいると言っても過言ではないかもしれない。

「そういえば、ロイとは上手くやっているか？」

命の危険を感じていたヴェインは、不意の問いかけに虚を衝《つ》かれた顔をする。

「兄とですか？」

「彼はその、邪竜に対する恨みが人一倍強いだろう。だから君が呪い持ちになったとき、ずいぶん荒れていてね……。その後どうなったのかと、気になっていたんだ」

荒れていたという話は初めて聞くもので、ヴェインは戸惑う。

「それは、俺が昏睡状態のときですか？」

「ああ。まあ彼の事情を考えれば無理もないことだが、それまで仲がよかった分、見るに堪《た》えなくてね……」

「確かに気まずいときもありますが、荒れたりはしていません。最近は仲も良好で、ノアとのことも認めてくれていて」

「ならいいが、もし何か揉めることがあったら言ってくれ。君の呪いは俺のせいでもあるし、ロイとは今も交流があるから間に入るくらいのことはできる」

遠慮するなよと笑って、ファルコはアトリエを出て行く。

彼を見送りつつ、ヴェインは今し方の会話を反芻《はんすう》する。

(俺は本当に、兄上を悩ませてばかりだな……)

邪竜ブレイズを倒し、昏々と眠り続けていた一年間のことをヴェインはあまり知らない。

ロイは多くを語らなかったし、目覚めてしばらくは兄と一番気まずかった時期だ。

『お前が目覚めてくれて嬉しい。だが呪い持ちのお前を、俺は上手く受け入れられない』

そう言って暗い顔をしていた兄のことを思い出すと、今も心が痛む。

目覚めた頃には呪いの痣は全身に回り、右目も竜の物へと変わっていた。それが兄のもっとも辛い過去を思い出させてしまうようだった。

それでも昏睡から目覚めてしばらくは身体も動かず、人を超えてしまった肉体に悩まされたヴェインをロイは見守ってくれた。無理に独り立ちしようとしたときも、お前はここにいるべきだと兄に説き伏せられた。

でも顔を見るたびロイの顔が僅かに曇るのは今も同じだし、きっと想像以上に自分の存在は兄を苦しめているのだろう。

(昔は俺たちも、ノアとファルコのような仲のいい兄弟だったんだな……)

兄の屈託のない笑顔を最後に見たのはいつだろうかと考えるが、全く思い出せない。

「……あ、れ……?」

膝の上のノアがもぞもぞと動き出した。どうやら、結構な時間ヴェインは考えごとをしていたらしい。

「兄さんは?」

一度寝るとなかなか起きないノアだが、睡眠欲さえ満たされればこうして目を覚ます。その様子は小動物のようで愛らしく、暗くなっていたヴェインの心を優しく温めた。

「先ほど帰った」

「え、じゃあ誰が脱ぐの……?」

ものすごく悲しそうな顔で項垂《うなだ》れるノアを見て、ヴェインはうっと喉を詰まらせる。

(このままではさっそく泣かせてしまいそうだし、覚悟の決め時か)

下手《へた》に取り繕っても、どうせ自分の情けない姿は露見する。ならばファルコの言うとおり、ノアを女性として求めていることを示すべきなのかもしれない。

親子のような関係は心地よいが、ヴェインはノアを愛し、叶うことなら愛されたいのだ。

「俺の裸でよければ、見るか？」

意を決して口を開くと、ノアの顔がぱっと華やぐ。

「むしろヴェインがいい！　一番いい！」

可愛い顔に見とれそうになりつつ、ヴェインは「だが……」と慌てて言葉を挟《はさ》んだ。

「一つ問題があるんだ」

「問題？」

「前々から何度も言っているが、俺は君の目が好きだ」

ノアの肩を摑みながら言うと、彼女は知っていると言いたげにこくんと頷いた。

「えぐり取って持ち歩いたり、ポケットから取り出して眺めたいほど好きなんでしょ？知ってる」

「危ないのは思考だけでなく身体もなんだ。君を好きな気持ちは絶え間なくて大きく、時には肉体にも作用してしまう」

「肉体？」

「素直に言う。君に見つめられると、俺は勃起《ぼっき》する」

一世一代の告白に対し、ノアはどこかぽかんとした顔でヴェインを見ている。

もしや勃起が何かもわかっていないのではと不安を覚え始めたところで、ようやくノアはぽんと手を打った。

「欲情してるってことね！」

理解されたことにほっとすべきか、ノアにそんな言葉を言わせてしまったことを悔やむべきかと悩んでいると、彼女はじっとヴェインの股間を見つめる。ノアに見られるだけで身体が熱くなるのを感じて、ヴェインは慌ててノアから距離を取った。

「安易に見ないでくれ、興奮してしまうだろう！」

「でも絵を描くなら、これからいっぱい見るよ？　大丈夫？」

「大丈夫じゃないから先に告白したんだ。……とりあえずその、鎮めてもかまわないだろうか」

「うん、いいよ」

その言葉にほっとしつつ、浴室を借りると言ってヴェインは部屋を駆け出す。

（と、とりあえず引かれてはいなかった……か？）

結局男として意識もされなかった気がしたが、自分のおかしな性癖を嫌悪されなかっただけマシだと思い直す。だが浴室に飛び込んだところで、ヴェインは予想外の事態に見舞われた。

「じゃあ、する？」

居間に残してきたはずのノアが、なぜだか背後に立っていたのである。

慌てていたせいで、彼女の気配にヴェインは完全に気づいていなかった。

「なぜいる!?」

「だって、鎮めるんでしょ？」

そう言いながら服を脱ごうとしているノアを見て、ヴェインは慌ててその手を掴んだ。

「な、なぜ服を!?」

「鎮めるって、射精するってことでしょう？」

「そう、だが……!?」

「射精って恋人のお腹の中でするんじゃないの？」

無邪気に首をかしげるノアを見て、ヴェインの理性は風前の灯火だった。

「お、俺とするつもりだったのか？」

「だって私、ヴェインの恋人だよ？」

「恋人だが、そういうことに関して君は無知だとばかり」

まさか経験済みなのかという疑惑もよぎって更に混乱していると、ノアが笑った。

「よくわからないけど、挿絵をつける原稿に書いてあったの。恋人は裸で抱き合って、キスをして、お腹の中に射精するんだって」

「そういえば、あれは恋愛小説だったな」

「あとキーラから『恋人ができたなら知っておきなさい』って、男女の恋についての本ももらったの」

ただノアは本を読むのが苦手なので、唯一読めたのは裸の男女が絡み合う絵がついたページだけだったと笑う。

そこには『恋人の熱を鎮める方法』とやらが書かれていたらしい。

「だからね、私できるよ」

「いや、本で読むのと実際にやるのとでは違う。それに異性を受け入れるのは、痛みを伴うものなんだぞ？」

「ほぐせばいいって書いてあったけど」

「ほぐしても痛む場合もある。それに俺のは、その……」

「大きいの？」

尋ねられ、ヴェインは真っ赤になって固まる。

「じゃあ、たくさんほぐせばいいんじゃないかな？」

「だから、そういうことを軽々しく言わないでくれ！　男というのは、女性の視線や言葉一つで獣にもなれるんだ」

「でもヴェインは優しいし、獣に見えないよ」

「見えなくてもなるんだ」

いっそ怖がらせれば考えを改めるかもしれないと思い、ヴェインはノアの腕を掴むと浴室の扉に押しつける。そのまま荒々しく唇を奪えば、小さな身体がびくんと跳ねた。

「……ずっとこうしたいと思ってた。いつだって、獣のように君を貪《むさぼ》ることばかり考えてるんだ」

驚き強ばったノアを、ヴェインは力強く抱きしめる。

ノアの身体に触れるのはこれが初めてではないのに、十代の男のように身体が興奮するのがわかる。それでも理性を総動員し、二度目のキスはなんとかこらえた。

「でも君を傷つけたくないし、嫌われたくない。だからどうか、軽い気持ちで受け入れるなんて言わないでくれ」

身体を重ねてやっぱり嫌だったなんて言われたら、きっとヴェインは立ち直れない。そんな気持ちでゆっくりとノアから腕を放すと、彼女は黙り込んだ。

ようやく理解してもらえたのだろうと思い浴室の扉を開けようとすると、背後からノアの細い腕が縋《すが》りついてきた。

「でもそれを言ったら、私一生ヴェインの恋人になれないと思う」

ノアの腕が僅かに震えているのを見て、思わず振り返る。するとどこか悲しげな顔で、彼女はヴェインを見上げていた。

「私は絶対傷つかないし、ヴェインを嫌わない。だから軽い気持ちじゃ駄目？　私、重い気持ちがよくわからないから、どうすればいいかわからない……」

どうやったらヴェインが認める重い気持ちになれるのかと縋るノアを、ヴェインは慌てて抱きしめる。その腕に頬を寄せながら、彼女はいつになく必死な顔で口を開いた。

「私、絵のこと以外にはいつも心が定まらなくて、ずっとふわふわしてて、軽くて……。それが駄目だって言われたらどうしたらいいか……」

縋る指に力がこもり、ノアの目に必死さが増す。

本人は軽いと思い込んでいるようだが、訴えるその顔は真剣そのものだった。

ノアが身体を重ねる行為や『恋人』という関係を、その場の勢いで受け入れているわけではないと、ヴェインはようやく気づいた。

むしろ絵以外に興味がないノアが、キーラから借りた本を少しでも読み、ヴェインとすべきことを知っていた時点で、特別なことなのだ。

(ファルコが言っていたように、ノアの世界は本当に狭いんだな)

その広げ方すら彼女は知らないのだろう。自分が広げようとしていることにすら、気づいていないのかもしれない。

「すまないノア、君を好きだと言いながら俺は君をちゃんと理解していなかった」

そう言って、ヴェインは優しく彼女の唇を奪う。

「そして俺が臆病なばかりに君を不安がらせてしまった」

「ヴェインは臆病なの？」

「臆病だよ。君に気に入られたい、嫌われたくないとそればかりだ」

でもノアもたぶん、同じなのだ。

この少女は無知で、絵以外のことに関心を向けられない。それを彼女なりに悩んできたのだろう。

（この子は恋だけじゃなくて、色々なことを知らない。でもそれなら、俺が彼女に教えたい……）

ヴェインはノアの唇をもう一度奪う。

「キスしてくれたってことは、軽い気持ちのままでいい？」

「いいよ。何よりも絵が好きで、ふわふわしているノアが俺は好きだ」

ヴェインがもう一度唇を奪うと不安げな表情が消え、ノアは嬉しそうに顔をほころばせた。

「私は、ヴェインのキスが好きみたい」

「うぐふっ……!!」

ノアの無邪気な発言に、ヴェインは心臓を打ち抜かれる。

「ん？　なんで今、変な声でたの？」

「君が可愛いことを言うのがいけない」

「今のは言っちゃ駄目な言葉だった？」

「駄目ではないが、俺の理性が瓦解《がかい》する」

難しいなぁと、ノアが悩ましげな顔をする。

その表情がたまらなく愛おしくて、ヴェインの身体に再び熱が込み上げる。

「とりあえず、一度身体を鎮めてもいいだろうか」

「じゃあ、私のお腹の中に入る？」

「い、いや……いきなりそれはやめよう。先ほども言ったが、痛みを伴うので準備をしたほうがいい」

「準備ってどうやるの？」

真面目に尋ねられると、彼女とするであろう行為が頭をよぎって、ヴェインは情けなくも興奮してしまう。

「説明する前に、頼むから身体を鎮めさせてくれ。本気で色々おかしくなりそうだ」

「お腹の中に入れなくても、鎮まるの？」

「射精というのは、生殖器を刺激すれば起こるものなんだ」

「触ればいいってこと？」

「あとは、好きな相手とキスをしたり抱擁したりするだけで、誘発される場合もある」

「わかった」

どうやら理解してくれたらしいと思い、ヴェインは今度こそノアを浴室から出そうと決める。だが次の瞬間小さな少女は背伸びをして、ちゅっとヴェインの唇を奪った。

「鎮まった？」

その一言で、こらえていたものが今度こそ崩壊する。

「……一度のキスで鎮まる段階は、過ぎてしまったようだ」

ヴェインはノアを抱えあげ、最初よりも激しいキスをする。

ノアは驚きつつも、抵抗する気配はない。そうなるともう抑えが利《き》かず、このまま彼女を寝室に運びたくなる。だがさすがに今ベッドに運んだら、優しくできる気がしない。いきなり彼女を裸にし、欲望にまかせて己を突き立ててしまいそうだった。

小さな少女を抱えたまま、ヴェインは背後にあるバスタブに倒れるように身を投げた。そして最後の理性を振り絞り、バルブをひねる。

「んっ、冷たい……ッ！」

シャワーから降り注ぐ水に、ノアが小さく悲鳴を上げる。

「すまない。これで鎮めるから少しだけ待ってくれ」

「シャワーでもいいの？」

「効果は薄いが、少しは冷静になれる」

とはいえノアがくっついた状態では効果も半減だが、冷たいと言いつつ彼女が離れる気配はない。

「風邪を引くから、君は……」

「大丈夫。むしろ熱いくらいだったから、気持ちいい」

胸に頬を寄せられ、ヴェインは再び情けない呻き声を上げる。

「ごめん、また駄目なことした？」

「いや、大丈夫だ」

「でも変な声が出たし……」

「君が可愛いすぎて、出ただけだ」

「可愛くないよ、ずぶ濡れだし」

ノアが濡れた髪をかき上げる。その仕草が妙に色っぽくて、ヴェインはキスをこらえられなかった。キスに不慣れなノアの歯列をこじ開け、行き場を失った舌に絡みつくと、今度は彼女が呻く。

「……ッ、息……くる……しい」

それはヴェインがこぼす情けないものとはちがい、どこか甘かった。

「鼻でするんだ。口は俺が、塞いでしまうから」

顔の角度を変えながら、更に深く唇を貪る。ヴェインの助言もむなしく呼吸はままならないようで、長いキスを終えた途端ノアは大きく息を吸い込んだ。

「キス、難しい……」

「いずれ慣れる」

「何回くらいしたら慣れる？」

「回数はわからないが、慣れるまでいっぱいしよう」

ヴェインの提案に、ノアは素直に頷く。

苦しかったようだが、嫌ではなかったのだろう。嫌悪感を持たれなかったことが嬉しくて、今度は彼女の頬や首筋に唇を這わせる。

「あ……ッ、首……くすぐったい……」

途端に、艶《つや》を帯びた声がノアからこぼれた。

先ほどの無邪気さが嘘のような声に、ヴェインの身体が熱くなる。

「くすぐったいだけか？」

「あと……チリチリ……する」

「ちりちり？」

「それに、水のシャワー浴びてるのに……熱い……」

濡れて張り付いたヴェインのシャツをぎゅっと掴みながら、訴えるその顔に浮かんでいるのは熱情のように見えた。自分は都合のいい夢でも見ているのだろうかと思いつつ、もっと熱を引き出したくてノアの胸にそっと手を這わせる。

「……ッ、あ……胸……なんで触る……の……？」

ドレスの上から頂《いただ》きをつまめば、途端にノアの顔が蕩《とろ》ける。ヴェインが胸に触れるたび、ふるふると身体を震わせながら彼女は悩ましげな息を吐く。

「ここに触れられると、気持ちがいいだろう？」

「わ、わからない……」

戸惑うノアの唇を奪いながら、先ほどより強く頂きを指で舐《ねぶ》る。夏用のドレスは生地が薄く、水で張り付いているせいで先端が立ち上がっているのがわかる。

（ああくそ、この子は快楽に弱いのか）

嬉しいが、だからこそ悩ましい。

瞬く間に頬が赤く色づき、身体を震わせるノアは大人の女の顔をしていた。そうした表情を見るのはまだ先だと思っていたヴェインにとっては、嬉しすぎる誤算である。

「これなら、君と繋がれる日も遠くないかもしれない」

「じゃあ……これも……ッ、胸に触るのも、準備……？」

「ああそうだ。痛みを消し、君が少しでも気持ちよくなるための練習だ」

「でも……私の、練習……ばっかりで、いいの……？」

不意に、ヴェインは下腹部に柔らかな感触を覚え、戦いた。

「ヴェインの身体、鎮めないとだめじゃないの……？」

「そ、そうだが、今触られると色々まずい……」

「私が触るの、嫌……？」

「嫌じゃないから困っている」

ズボンの上からそっと撫でられただけなのに、ヴェインのものは爆発寸前だった。

（俺は、こんなにこらえ性のない男だっただろうか……）

元々ヴェインは性欲があまりなく、女性を抱きたいと思うことは少なかった。

それでも十代の頃は騎士の先輩に何度か娼館に連れて行かれたが、こんなにも早く射精しそうになったのは初めてである。

「よすぎて逆に辛いくらいなんだ。だから今は俺が触る」

「でも……」

「それにたぶん、ノアが心地よくなってくれるだけで俺の身体は鎮まると思う」

なにせ視線一つで興奮してしまうヴェインなのだ。

もしノアが達したら、その眼差しだけで容易く上り詰めてしまう気がする。

それはさすがに変態すぎると思うが、遠からずそうなるのは確実だった。

「じゃあ……私は触らなくていいの？」

「今はいい。また、別の機会に頼む」

むしろ触られたら死ぬという気持ちでキスをすると、ノアの手が下腹部から遠ざかる。

ほっとしつつ、ヴェインはノアを背後から抱え直し、そのスカートをたくし上げた。

そして張り付いた下着をずり下ろすと、初めて彼女が僅かに抵抗する。

「なんで、下着……ッ」

「これも準備だ。俺を受け入れる場所をほぐし、心地よさを植え付けておく」

「痛く……ならないために……？」

「そうだ」

言いながら、ノアの花襞にそっと指を這わせる。

(……これは、たぶん水で濡れているだけではないな)

襞の間に指を這わせると、粘り気を帯びた蜜が絡みついてくる。

「ん、……あ、指……が……」

「心地いいのか？」

もはや言葉にならないのか、ノアが頷くように頭《かぶり》を振る。

(本当に、この子は感じやすいな)

ノアに恋をしながらも、ヴェインは彼女をどこか子供のように思っていた。でもその下には、こんなに淫猥《いんわい》で艶やかな女の顔が隠れていたのかと思うと、酷くそそられる。

淫《みだ》らな本性をもっと暴きたい、自らの手で彼女の身体を育てたいという願いが芽生え、自然と攻める指使いが激しくなった。

「ん、くッ、ヴェイン……」

さらなる愉悦《ゆえつ》を引き出そうと、ヴェインの指が隘路《あいろ》の入り口を押し広げた。

苦しそうな声に慌てて指を止めようと思ったが、窺い見たノアの顔は蕩けきっている。

物欲しそうな顔を見ているとたまらなくなり、ヴェインは細い首筋を唇と舌で舐りながら、指を動かす。隘路の入り口を少しずつ広げ、浅く指で中をかき回すとノアの悲鳴が絶え間なくこぼれる。

「あ、ッ、んん、ッ……！」

拒絶の言葉は一切なく、声には苦痛の色もない。ヴェインのもたらす快楽の虜になっているのか、彼の指に自ら腰をこすりつけてくるときさえあった。

「いいかノア、こうして君に触れるのは俺だけだ」

「ヴェイン……だけ……」

「そうだ。ここは、恋人だけが触れる特別な場所だ」

優しく言い聞かせると、ノアは何度も頷いた。

それが嬉しく更に深く指を押し進めれば、彼女はビクビクと腰を震わせる。

「あ、ヴェイン……ヴェ、インッ……」

「気持ちいいのか？」

「わからないッ、あ、ああっ、でも、変なの……」

甘く息を弾ませながら、ノアの身体の震えがどんどん大きくなる。

達しそうなのだと察し、愛らしい花芽を親指の先でぐっと押せば、嬌声《きょうせい》も艶を増していく。

「変に……、ふッ、ああ……」

「なっていいんだ。それも準備の一つだからな」

「あ、怖い……身体、変に……」

「大丈夫だ。気持ちよくなると、みんなそうなる」

耳元で優しく語りかければ、素直なノアはためらいや恐怖をすぐに捨て去る。

「なら、もっと……」

顔を上に向け、囁《ささや》かれた言葉に今度はヴェインが戸惑う番だった。

「気持ちよく、なりたいのか？」

頷き、ノアの手が隘路をえぐるヴェインの大きな手の上に重なる。

「これ、好き……。ヴェインの手、好き……」

強すぎる快楽によって、たぶんノアは理性を失っている。

それがわかっていても、「好き」という言葉にヴェインは心を乱されてしまう。

「俺も好きだよ。乱れる君が、蕩けるその眼差しが、とても好きだ」

もっと好きだと言わせたい、乱れるところが見たいと、より強い愛撫《あいぶ》を再開する。

隘路を指で刺激しながら、花芽を磨《す》りつぶすように擦《さす》ればノアの口から愛らしい喘《あえ》ぎ声がこぼれ出す。

「あ、ヴェイン……、ヴェイン……ッ！」

甘い声で、名を呼ばれるとそれだけで身体が熱くなる。どんどん蕩けていく瞳と見つめ合うと、まるで彼女の手で己を擦りあげられているような心地よさを感じた。

「ああっ、く、る……何かが……ッ」

「俺を見つめてくれ、ノア。そして、達《い》くんだ……！」

胸への愛撫も再開しながら、より激しくヴェインはノアを攻め立てた。

快楽に弱い少女がそれに耐えられるはずもなく、小さな身体がひときわ淫らに震えた。

「あ、アアッ、あああ――！」

シャワーの音に勝る声で、ノアが甘い悲鳴を上げる。咥《くわ》え込んだ指を締め上げるのを感じて、ヴェインは彼女が達したのだと直感した。

「……ヴェ…イン……」

絶頂を迎えながら、ノアが名を呼びヴェインを見つめる。彼女の瞳は快楽に落ち、淫らに濡れていた。

その眼差しに射貫かれた瞬間、ヴェインの身体が強ばり激しい熱が股間に集まる。

「――ッ、ッ!!」

こらえる間もなく、己が射精したことを察した。

啞然とし、慌ててノアから顔を背ける。

（ああくそ、これはまずい……）

達するノアの眼差しは、ヴェインにとって挿入にも匹敵する快楽なのだと気づかされる。

視線一つで達ってしまうなんてどうかしている。けれどこの身体は、ノアと彼女の瞳の虜になってしまっている。

ぐったりと目を閉じた少女を抱えながら、ヴェインは大きく息を吐く。目を閉じシャワーに集中すれば身体の熱は、少しずつだが去り始めた。

「……ヴェインも、鎮まった？」

不意に、ノアの声がして慌てて彼女のほうを向く。

眠ってしまったのかと思っていたが、どうやら意識はあったらしい。

「あ、ああ……」

「じゃあ、絵……描いていい……？」

「その前に、身体だけ流させてくれ」

情けない欲望の証だけはノアの目から隠さなければと、ヴェインは項垂れたのだった。

第四章

ヴェインに裸を描かせてほしいと頼んだ日から、ノアの日常は少しだけ形を変えた。

「ヴェイン、早く絵を描かせて」

「その前に髪はちゃんと乾かしなさい」

色気のないやりとりを交わしながら、ノアはヴェインに身体を拭かれている。

二人して服ごとずぶ濡れになっているのは、つい先ほどまでバスタブの中で淫らな『準備』をしていたからである。

初めて彼の裸を見せてもらってから今日で一月になるが、あの日以来毎日ノアはヴェインをモデルに彼の裸体を描いている。そしてそのたび、この準備をするのが暗黙の掟《おきて》になっている。

「でも濡れたヴェインも格好いいから絵にしたいの」

「ならあとで頭から水をかぶるから、君はちゃんと身体を拭いて服を着替えてくれ」

「平気だよこれくらい」

「そう言って、酷い風邪を引いたのはどこの誰だ？」

母親のようなことを言いながら、ヴェインが大きなタオルでノアを包み込んだ。

「風邪を引くのが嫌なら、別の場所で準備をしたら？　触り合うだけなら、他の場所でもできるよ？」

「水を浴びていないと、触り合うだけじゃすまない」

「他のこと、してもいいのに」

「そうしたら、絵を描く余裕はなくなるぞ」

ノアの身体を拭きながら、ヴェインが何かをこらえるような顔をする。

自分で言っておきながら『他のこと』がいまいちなんだかわかっていないノアだが、彼にされることならたぶん気持ちのいいことに違いないとのんきに考えていた。

「私、ヴェインにならなにをされ――ふぐっ!?」

「それ以上言ったら、脱げなくなるからな」

タオルでノアの口を塞ぎ、ヴェインに軽く睨まれる。

「ようやく鎮めた身体を興奮させるようなことは、絶対に言わないでくれ」

別に、興奮させようとは思っているわけではない。でもヴェイン曰《いわ》く、ノアは彼を煽《あお》る発言が多いのだそうだ。

「じゃあ、黙ってる」

「いい子だ」

ふんわりと、ヴェインが笑う。

優しい笑顔を見ていると、ノアの身体と心がなんだか落ち着かなくなる。

その笑顔もまた絵にしたいという気持ちと、何もせずずっと見ていたいという気持ちがせめぎ合い、混乱さえ覚える。

(私、最近ちょっと変かも……)

初めて会った頃、ノアにとって『恋人』という関係はヴェインの絵を描くための理由にすぎなかった。そもそも恋人という関係は一時的なもので、いずれヴェインは彼にふさわしい別の恋人を見つけ、自分の元から離れていくと考えていた。

でもヴェインに重い気持ちでなければだめだと言われた瞬間、軽い気持ちの自分では彼の恋人にふさわしくないのだと辛くなった。

少し前の自分だったら、その場でヴェインを諦めただろう。

しかしあのとき、ノアはそのまま引き下がりたくなかった。本に書かれていたように、ヴェインと抱き合ってみたかったし、彼が身体を鎮めたいというのなら、自分を使ってほしいとさえ思ったのだ。

　そして気がつけば、自分では駄目かと必死に訴えていた。

　ヴェインが応えてくれたときは本当に嬉しかったが、彼との甘い行為と喜びがもたらした変化に、ノアは少し戸惑っている。

　絵を描けなくても側にいたい、少しでも長くヴェインと時を過ごしたい、彼に触れたいし触れられたいという新しい感情さえ芽生えているからだ。

「まずは着替えてこい。そのあと、好きなだけ描かせてやる」

　穏やかな声や笑顔を見るたび、胸の奥が締めつけられるのはなぜだろうとノアは不思議になる。

「おい、ちゃんと聞いてるのか？」

「あ、ごめん。着替えてくるね」

「そのあと髪を乾かしてやるから、ちゃんと戻ってこい」

　先にアトリエに行くなよと念を押す声に甘く胸を疼《うず》かせながら、ノアは大きく頷いた。


　髪を乾かしてもらったあと、ノアは彼と共にアトリエへと向かった。

　なおもヴェインを見て落ち着かない気持ちになっていると、彼が「ん？」とつぶやきながらある物を手に取った。

「これ、もしかしてノアの挿絵がついた小説か？」

取り上げたそれは、一週間ほど前に発売された例の本だった。

「言うの忘れてた。もう発売されてるんだって」

「発売!?　じゃあ絵は完成していたのか？」

「うん。最初にヴェインに脱いでもらった翌日には、もう絵は完成してた」

初めて彼の裸体を描いたとき、ノアはいまだかつてないほど興奮し創作意欲を刺激された。そしてその日のうちに五枚の挿絵を描き上げ翌日には納品したのである
キーラは大絶賛して、『この絵を完璧に印刷できるようにしないと！』と並々ならぬやる気を滾らせていた。彼女は印刷会社を所有しており、文字だけでなく絵も綺麗に刷り出せる印刷機を開発していた。それを用いて印刷された挿絵は、ノアのタッチを精細に再現していて驚いたものだ。

翌週にはイステニアの本屋に並んだそうだが、これが大変好評らしい。

「内容も挿絵も素晴らしいって噂になって、すっごく売れてるんだって」

おかげで本の増刷が追いつかず、キーラは嬉しい悲鳴を上げていた。

「それはいいことだが、だったらこの一月《ひとつき》俺はなぜ延々脱がされていたんだ？」

「私が描きたかったから」

あと触ってほしかったからだと言おうとしたが、ヴェインが手にしていた本をバンッと

閉じた。

「どうかした？」

「すごく上手だし素晴らしいし原画が欲しいくらいの出来だ。……だが、似すぎていないか？」

ノアはヴェインが一度閉じた本を受け取り、それをもう一度開く。

髪型や痣の位置は少し変えているものの、挿絵の騎士はヴェインほぼそのままだ。

「デッサン、好きに使っていいって言われたからそのままにしちゃったんだけど、嫌だった？」

「いや、そのままずぎて大丈夫なのかと。痣もあるし、気味が悪いと思われてはいないか？」

「むしろ、そこが色っぽいって評判なんだって」

ノアは挿絵に描かれた騎士の呪いの痣をたどるように頬から首筋をそっと撫でた。

「色っぽいし格好いいし、私はこのヴェインの身体が好き。だから絶対、みんなも気に入ると思ってそのまま使ったの」

思惑は的中し、本は売れに売れている。

「だから続編もぜひお願いしますって昨日キーラに言われたよ。あとそういえば、広告に使う絵も頼まれたんだった」

「広告って、まさか書店に貼られるものか？」

「そう。すっごく大きな紙に印刷して、バーンッって貼るんだって」

「ノアの絵が飾られるのは嬉しいが、俺がモデルの絵というのは……」

「ヴェインだからいいんだよ。絵が人気なのは、ヴェインの身体が綺麗だからだし」

そう言って、ノアはヴェインの着ているシャツにそっと手をかける。

「だから今日も、ヴェインのことたくさん描きたい」

すぐ脱ぐからと雑に羽織っただけのシャツを脱がせると、ヴェインが何かをこらえるような顔でノアの手を握りしめた。

「だから、興奮させるようなことはするなと言っただろう。安易に、男の服を脱がせるんじゃない」

「だって服の下が見たいし描きたい」

「わかったから、脱ぐのは俺に任せてくれ。君の指先が肌をなぞるだけで、色々と我慢ができなくなるんだ」

ヴェインは自ら着衣を取り去り、アトリエの中央に置かれた長椅子の上に腰を下ろす。

ヌードと言っても、性器の描写は必要ないと言われているので肌着だけはつけている。

しかし何もつけていない雰囲気を出したかったので、ノアは白いシーツを引っ張り出し彼の腰の周りに軽く巻き付けた。その際何かに手が当たり「自分でやる！」とヴェインに慌てられたが、彼の巻き方は色気がないので結局ノアが形を整える。

　その後しばらくヴェインは真っ赤になったまま「あぁ」とか「うぅ」とか唸っていたけれど、ノアがデッサンを始めると恥じらいは去ったのか落ち着きを取り戻した。

「膝を立てて、その上に手を置いてくれる？」

「……こう、か？」

「あと少し斜め前を向いて、視線はまっすぐ」

　ヴェインの顔がもっとも美しく見える角度を切り取ろうと指示を出すうちに、ヴェインの表情も徐々にほぐれ出す。

(最初はガチガチだったけど、ヴェインも慣れてきたのかな)

　表情などの指示を出すと「無理だ！」と叫んで逆に情けない顔になるので、そこはあえて何も言わない。ヴェインとは毎日のように顔を合わせているから、表情だけなら記憶の中から抜き出して絵にすればいい。だから今は、彼の肉体を描き出し記憶することだけに集中する。

　胸像などを用いて男性の裸体のデッサンをしてきたが、そうしたものよりもヴェインの身体はずっと逞しくて美しかった。

　ヴェインの鍛え上げられた筋肉には張りがあり、とてもしなやかだ。

　ポーズを変えてほしいと指示を出すたび隆起する様に、つい目が吸い寄せられる。身体には傷も多く残っているが、それらも彼の魅力を高めているとノアは思う。

身体に刻まれた傷の一つ一つがヴェインの努力の証であり、国と人を守ってきた証だ。呪いもまたその一つである。だからこそ、彼は美しいのだとノアは思う。

盾となり、剣となり、騎士として国民と正義を守る彼の美しい心が、肉体にも色濃く現れているのだ。

それを欠片《かけら》も曇らせたくない、美しいまま絵の中に閉じ込めたい。

ただそれだけを思って、ノアは必死に手を動かす。

そうしていると時間は瞬《またた》く間に過ぎ、気がつけば窓から差し込む夕日がヴェインの身体を柔らかく照らし始める。

あまりの美しさに油絵として残したいと思うと同時に、この光景を誰にも見せたくないという相反する考えが不意に芽生えた。

思わず手を止めると、それに気づいたヴェインがノアへ顔を向ける。

「今日は、もういいのか？」

「……あ、うん」

「そうか」

ふわりと優しく笑うヴェインを見ていると、なぜだか彼に抱きつきたい気持ちになる。

近づこうとした途端、彼は慌てて近づくなと腕を上げた。

「ふ、服を着るまでは、居間で待っていてくれといつも言っているだろう」

「うん、でも……」

「な、長いこと座っていて身体が上手く動かないんだ。ヨタヨタ歩くところを君に見せたくないし」

「なら支えるのに」

「い、いい！　大丈夫だ！」

拒まれるのはいつものことだけれど、ここまで頑《かたく》なだとなんだか拗《す》ねた気持ちになる。

渋々アトリエを出ると、ノアは裏庭にある井戸の縁にぽつんと腰掛けた。

（ヴェインって、もしかしたら私に触られるの好きじゃないのかな……）

準備をするときも、触るのはヴェインばかりだ。ノアも彼に触れたいのに、身体を――特に下腹部を――触れようとすると恐ろしい勢いで拒絶されるのである。

前々からその傾向はあったが、特にこの一週間ほどは拒絶の勢いがより強かった。

必死に拒む姿を見るたび、もしかしたらノアの手が嫌いなのかもしれないと不安になる。

（私やっぱり変だ……。気持ちが上がったり下がったりして、ちっとも安定しない）

ふとしたことで不安になったり、かと思えばヴェインの顔を見ているだけで嬉しい気持ちになったりする心にノアは戸惑う。

今まで絵のこと以外に頭を悩ませたことがなかった。その悩みだって『上手く絵が描けない』とか『望む仕事が来ない』とかで、どちらも絵に打ち込めば消える程度だ。

でもヴェインのことは絵筆を取れば解決することではない。

一喜一憂する心をどう落ち着かせるのが正解なのかもわからない。

(触られるのは嫌なのかどうか聞くのも、なんだか怖いし……)

人からどう思われてもいいと思ってきたけれど、拒絶されるのは嫌だったんだなと今更のように思う。

そして怖い気持ちは、かつてヨルクで受けた仕打ちを思い出させる。

お前には価値がない、絵だって三流だとなじられ、ノアは様々な人から『女としても芸術家としても欠陥品』だと言われた。あのときはまだ幼く未熟で、傷つきながらも投げかけられた言葉の意味がちゃんとわかっていなかった。

けれどまだ、心の底にあのときの言葉がこびりついている。

些細《ささい》なことで不安を覚えるのも、きっとそれが原因だろう。ノアが欠陥品であることをヴェインに気づかれ、嫌われ、彼が自分から離れてしまうのが怖いのだ。

(どうしたら、ヴェインとずっと一緒にいられるんだろう……)

ぼんやり空を眺めながら考えていると、不意にアトリエの前に大きな馬車が停まった。

降りてきたのはキーラで、ノアを見るなり駆け寄ってくる。いつもの熱烈な抱擁を受けていると、キーラが小さく首をかしげた。

「あら、なんだかいつもより元気がないわね？」

「ちょっと、考えごとしてたの」

「絵の悩み？　もしかして頼んだお仕事が進んでない？」

「それは大丈夫。さっきもヴェインにモデルになってもらったから、頼まれていた挿絵と広告用の絵は問題ないと思う」

ノアが答えると、キーラはひとまずほっとした顔をする。

「実はまた挿絵の追加をお願いしたくてきたんだけど、大丈夫かしら？」

「うん、それは平気だと思う」

「今度は数が多いし、あと男女の絡みがある絵もあるんだけどいい？」

「からみ？」

「二巻からは二人に愛が育ち、激しく求め合うシーンも出てくるのよ！　作者さんの要望で、読者さんが感情移入できるように女性のほうは顔を隠す形になるけど、その分身体の絡みはしっかり見せたいの!!」

猛烈な勢いでまくし立てられ、ノアはきょとんとする。

（えっと、つまりお腹の中で射精する瞬間を描けばいいのかな？）

ヴェインと『準備』をするようになってから、ノアも一応男女の行為について少し調べた。とはいえファルコが貸してくれた本は文字ばかりでよくわからず、挿絵もなかったので詳細はよくわかっていない。

ちゃんと描けるだろうかと新しい不安を覚えるが、ギラついた目をしたキーラに描けないとは言えそうもない。

「ノアの絵ならすごく素敵になると思うの！　だから期待してるわ!!」

「が、頑張ってみる」

こうしてノアの悩みは、また一つ増えたのだった。

◇◇◇

（あぁくそ、俺はいったいどうすればいいんだ……）

一方ヴェインも、このところ毎日頭を悩ませていた。今も盗賊団のアジトにいるというのに、心ここにあらずである。

遡《さかのぼ》ること一時間前――、イステニアから北へと延びる街道を根城にしていた盗賊団を、ヴェインはたった一人で壊滅させた。恋に悩んでいても、むしろ悩んでいるからこそ大事な仕事はきっちりこなそうと頑張りすぎた結果、先陣を切った彼一人で全員を伸してしまったのだ。

部下たちの仕事を奪ってしまった形になり、謝罪したのは言うまでもない。

捕縛と根城の捜索は他の者に任せているが、手持ち無沙汰《ぶさた》になるとどうしてもノアのことが頭をよぎってしまう。

悩んでいると更に人相が悪くなるため、部下たちや捕縛された盗賊たちが怯えるが、深く悩んでいるヴェインはそのことに気づいていない。彼の悩みはもちろん、ノアとの関係についてだ。

（次に脱いでほしいとお願いされたら、今度こそ理性を失うかもしれない……）

ヴェインの裸体はすっかりノアのお気に入りで、ほぼ毎日描かせてほしいとせがまれる。喜ばしいことではあるが、同時にそれはヴェインに苦痛をもたらしていた。

その原因は、モデルをする前に彼女とする『準備』のせいである。

ノアの肌に触れ、彼女に色々教えてやりたいなどと考えていられたのは初日だけ。

その後はただただ、ノアの色気に振り回されている。

触れるたびノアは腕の中で甘く蕩け、日に日に女としての色香を増している。

けれどノアの心は前と何も変わらず、ヴェインを男として意識している気配がない。

（やはり、異性として俺を好きなわけではないんだろうな……）

そんな子に果たして手を出してよいのかと悩むが、ヴェインの中ではノアへの強い愛情が芽生えている。

故に、ノアを他の誰かに渡すことなど考えられない。それにヴェインは呪いによって物騒な考えに走りがちだ。もしライバルなどが現れたら、無理やり彼女を自分の物にしてしまう気がする。

(そんな俺が、果たして彼女を幸せにできるんだろうか……)

悩ましげな顔になると、余計に人相が悪くなり部下の何人かが「ひぃっ」と悲鳴を上げた。その声で我に返ると、隣の部屋がにわかに騒がしくなる。

「た、隊長……!! 至急こちらに!!」

ヴェインはひとまずノアのことを頭から追い出す。急いで部屋を出ると、廊下の奥が何やら騒がしい。現場に向かったヴェインは、部下たちが慌てている理由に気づき、顔をしかめた。

「まさかこれは……」

騒ぎの原因は、美術品や骨董品などの強奪品が保管された広い部屋にあった。

古びた棚に置かれた黄金色をした巨大な卵の欠片。その欠片にはヴェインの身体に刻まれた呪いの痣とそっくりな紋様が刻まれていた。

「隊長、この卵はもしや……」

「邪竜の卵だ。間違いない」

卵の欠片自体に危険はないが、かつて卵を求めた者たちが邪竜を怒らせ甚大な被害を出したことがあり、売買が禁止されている。

しかし、欠片が金でできているため、裏社会では高値で取引されていた。邪竜ブレイズが討伐された今は更に値段が跳ね上がっているため、盗賊団が資金源にと集めること自体は珍しくない。

だが欠片をそっと持ち上げたところで、彼は息を呑む。

卵の欠片はずしりと重いが、見た目に反して触ると柔らかい。これは竜が生まれて間もないことを意味しているのだ。

「最初から、割れていたのか？」

ヴェインが尋ねると、部下の一人が頷きながら前に進み出る。

「はい。ただ、竜が孵《かえ》った形跡はありませんでした」

「ということは、どこかで生まれてすぐの欠片を拾ったか、卵を奪ってきたか」

「隊長、やはりこれは……」

「間違いなく、邪竜ブレイズの子供がどこかにいる。竜の卵は孵《かえ》るのに三年ほどかかるし、時期から見ても間違いない」

断言すると、部下たちが皆怯えた顔になる。

（しかし、なぜまだ残っている。ブレイズの卵はすべて廃棄されたはずなのに……）

竜の巣は一つと決まっているから、母親さえ討《う》てば卵の廃棄は容易なはずだった。

ここ数年この辺りが平和だったのも、新しい邪竜が生まれずにすんでいたが故である。

「一匹であれば生殖はしないが、ブレイズの子供なら強い個体になる可能性は高いな」

「また、女王竜のような強い竜が街を襲うのでしょうか？」

「そうならないように探さねば。運良く竜に詳しい男が街にいるから、助言を――」

「いや、その必要はない」

ヴェインの言葉を遮るように、低い声が響く。それがロイのものだとヴェインにはすぐにわかった。

部下たちと共に敬礼をすれば、ロイはその様子をちらりと見たあと、無言で割れた卵の前へと進んだ。それに黒い隊服と、邪竜用の装備に身を包んだ騎士たちが続く。

（この顔ぶれ、第二小隊の者たちか……）

邪竜の討伐を請け負う小隊は、邪竜ブレイズの討伐を機に縮小されたと聞いている。

だが物々しい装いと騎士の数からはそれが窺えない。むしろ装備はよくなっているように見える。

「この場は私の部下が引き継ぐ。お前は捕縛した盗賊を連れて速やかにこの場を離れよ」

ロイの言葉に部下たちはすぐさま引くが、ヴェインは納得ができない。

「ですが、もし邪竜の赤子が近くにいるなら俺も……」

「お前の出番はないと、そう言っているんだ」

いつになく冷ややかな兄の声に、ヴェインは僅かな寒気を覚える。

（こんなに鋭い目をする人だっただろうか……）

まるで憎い相手を見るような眼差しを向けられ、ヴェインは耐えきれず顔を背けた。

「御意に」

取り付く島もなく、ヴェインは不承不承部屋を出ると、部下たちが不安そうな顔で問うてきた。

「副団長殿にすべてお任せしてしまって、本当によろしいのでしょうか」

「見たところ、副団長の部下は邪竜退治に長けた精鋭だ。ひとまずここは、任せても大丈夫だろう」

だがヴェインは妙な胸騒ぎを覚えた。

「すまないが、自分は少し調べたいことがある。あとは任せてもかまわないか？」

「では、盗賊たちは騎士団の本部に連行しておきます」

部下に任せてヴェインは一足先にアジトを出る。

そして向かったのは、ノアの兄ファルコの元であった。

◇◇◇

イステニア王都の南、旧市街地と呼ばれる一角にファルコの邸宅はある。

かつて王城や行政機関が並んでいた場所だったが、度重なる邪竜の襲撃の際に街の半分が焼失してしまった。

ロイが家族を失い足を悪くしたのも、その襲撃が原因である。

防衛の観点から今は街を川向こうに移転し、旧市街地は長らく放置されていたが、邪竜ブレイスが倒されたことで焼失を免れた区画の再開発がなされたのだ。

開発にはイステニアの豪商や高名な芸術家などが多く出資し、今では美しい石造りの町並みが蘇っている。出資者たちは蘇った町に居を構え、彼らの住まいは豪奢《ごうしゃ》で素晴らしい物ばかりだったが、ファルコの屋敷も例外ではなかった。

（……まさか、ここまで立派な物だとは）

売りに出された屋敷を買ったとノアが話していたが、侯爵家であるヴェインの実家にも匹敵する規模の豪華な邸宅だった。

だからこそ、ノアが居着かない気持ちもなんとなくわかる。

彼女は豪奢な物が好きではない。どちらかと言えば質素で、落ち着きのある場所を好んでいるから、アトリエから屋敷にろくに帰らないのだろう。ファルコは女癖が悪いことも、兄と暮らさない要因の一つだろうなと考えながら扉をノックする。

ほどなくして、返事もなく勢いよくドアが開くと、ヴェインは驚愕することになる。

「きゃあああああああああ！」

悲鳴に驚いて視線を下げると、扉を開けたのはほぼ全裸の女である。

慌てて距離を取り視線を逸らすが、なぜだか悲鳴の数がどんどん増えていく。

だが妙なのは、それが歓声のように聞こえることだ。

普段なら本気で怯えられるのが常なのに、喜ぶような笑い声さえ挟まれる。

「どんな色男が来たかと思えば、お前か」

ようやく馴染みのある声が聞こえてきたと思うと、近づいてきたのはこれまたほぼ全裸のファルコである。パンツとシャツを雑に羽織っただけの格好は色気がだだ漏れで、目のやり場に困る。

「……お、お邪魔をしたでしょうか」

「いや、今日はそろそろお開きにしようと思っていたところだからかまわないよ」

ファルコが言うと、女性たちから不満そうな声が響く。

それどころか、甘える仕草でヴェインに近寄ってくる女もいる。

「呪われ騎士様と知り合いなら教えてくれればいいのに！」

「噂通り、絵にそっくりなのね！」

「ねえ騎士様、こっち見て！」

などと纏わりつかれるが、ヴェインは意味がわからずただただ戸惑う。

女たちはなぜか好意的だが、この顔と呪いのせいで恐ろしいと悲鳴を上げられ、近づくだけで泣き叫ばれるのが常だったせいで苦手意識が植え付けられてしまっている。

それをファルコは察してくれたのか、ヴェインに纏わりつく女たちを剝がし、すぐに帰らせてくれた。

「ほら、女はいなくなったからいい加減動け」

生きた心地もしないまま棒立ちだったヴェインはファルコに応接室へと促され、ようやく我に返った。

ファルコがシャツとパンツだけなのが気になったが、着替えを待つ時間も惜しい。とにかく今は卵のことを伝えなくてはと意気込むヴェインに、ファルコはワインがつがれたグラスを差し出した。

「いえ、今日は仕事で来たので」

そう言ってワインを押し返すと、ファルコが真面目な顔になる。

「……もしや『卵』のことか？」

「ご存じだったのですか？」

ヴェインが驚けば、ファルコがどこか面倒くさそうな顔で手にしたワインを飲んだ。

「まあ、そういう話をされる頃だろうと思っていたからな」

空《から》になったグラスをテーブルに置くと、ファルコはついてこいと言って席を立つ。

そのまま彼が向かったのは書斎だった。そこに置かれた金庫を開けながら、ファルコは中を見るように促す。

「……まさか、これは！」

覗き込んだ金庫の中には、盗賊団の根城で見たのとよく似た卵の欠片が、大量に入っていたのだ。欠片の量からして、卵数十個分はあるだろう。

「これをいったいどこで……」

「大体は闇取引の現場で押収した。最近、イステニアはもちろん近隣諸国では卵の価値が上がってる。そのせいで、馬鹿な貴族どもがこぞって収集していやがるからな」

「こんなに多く出てくるとなると、もしやどこかに巣が？」

「いや、大半は何年も前からすでに市場に出回っていた物だ。……だがお前が血相を変えてやってきたってことは、生まれたてが出たか？」

ヴェインは事情を説明しようとして言い淀む。押収したという言葉が、今更のように引っかかったのだ。

（軍は退役したと言っていたが、この口ぶりから察するに、まだ何かの任務に就《つ》いているのか……？）

ノアの話では、今は彼女と絵の仕事をしているはずだった。実際そうでなければ、イステニアにいられるわけがない。

両国の関係は良好だが、軍人は許可なく長期滞在を許されていないのだ。となれば身分を偽り秘密裏に滞在している可能性もあると気づき、ヴェインの表情は強ばる。

「おい、そんな露骨に警戒するなよ。俺はいずれお前の兄になる男だぞ」

「だからこそ、見過ごせないこともあります。もしあなたが犯罪行為を働いているなら、ノアもただではすまない」

ただでさえ、ノアは兄の名前で絵を描いているのだ。事情を聞いた限りそれ自体は犯罪行為には当たらないが、もしファルコが軍人として何かしらの活動をしているのなら話は別だ。

「彼女を利用して何か企てているのだとしたら、たとえあなたでも許しません」

剣に手をかけると、ファルコが慌てた顔で「誤解するな」と声を張り上げた。

「確かに俺はまだ軍に在籍している。だがここにいるのはイステニアとヨルク両国の意思だ」

許可証もあると、ファルコは慌てて書状を引っ張り出してきた。

見れば、そこには両国の王とヨルク軍総帥、およびイステニア王立騎士団長のサインが記されていた。また協力者のところには、ロイの名前もある。

書状には邪竜の巣の調査、および『堕竜』の監視という名目でイステニア滞在が許可されていると記されていた。

「確かに本物のようですね。しかしこの書状が本物だとしたら、イステニアには巣があるということですか？　それにこの、堕竜というのは……」

「それは、お前には話せないことだ」

「もしかして、兄に口止めをされていますか？」

尋ねると、ロイの目が僅かに見開かれる。

「あいつに、何か言われたか？」

「卵を見つけたとき、兄と部下の騎士たちが現れたんです。まるで、計ったようなタイミングで」

突き放されたことも告げれば、ロイは難しい顔で考え込む。

「でもどうしても気になってしまって、あなたに相談をしようとここに来たんです」

素直に打ち明けると、ロイは悩ましげにワインをつぎ直す。だが結局それを飲まずに、ヴェインへと視線を戻した。

「……お前だから話すが、実を言うと今なお邪竜の脅威は消えていない。ブレイズのような女王竜はいないものの、卵は今も残り孵化《ふか》も確認されている」

「でも、そんな話は一度も……」

「邪竜の存在は不安と混乱を招くからと、公表されていないんだ。そして特殊部隊が騒ぎになる前に対処している」

今のところ問題も起きていないと、ファルコは結んだ。

ヴェインは盗賊団のアジトで見た兄と部下の騎士たちのことを思い出す。

「では、今回のこともその部隊に任せておけば問題ないと?」

「ないはずだ。遠からず、卵については調査の必要なしと通達も来るだろう」

となれば、ヴェインが想像するより大きな規模で、堕竜という存在と巣についての調査が行われているのだろう。

金庫に入っていた卵の欠片の量や、生まれたての卵の欠片が見つかっても動じない様子を見るに、特殊部隊には優秀な人材がそろっているのは間違いない。

安心を覚える一方、その存在を今の今まで知らされていなかったことに、ヴェインは複雑なものを感じてしまう。

自分はブレイズを討伐した騎士であり、竜の追跡と討伐能力に優れている。なのに部隊に選ばれなかったことに、騎士としての自信と誇りが傷つく。

(やはり、呪い持ちの騎士には重要な仕事を任せられないということか……)

その判断を下したのがロイに違いないという点も、ヴェインの心を重くする。

「そんな顔をするな。お前にだってまだ、活躍の機会はある」

ファルコが慰めるように沈黙するヴェインの背中をばしっと叩く。

「むしろ俺だってお前をまた部下にしたいくらいなんだ。ノアから聞いたが、お前は相当の怪力だとか」

「ですがそれは呪いのせいで……」

「身体能力が上がっているのか？」

頷くと、ファルコが興味深そうにヴェインの顔を覗き込む。

「おかげで、周りには気味悪がられます」

「だがその能力は特別だ。それに得た力を、お前は自在に使いこなせるのだろう」

「はい、概ねは」

むしろ身体能力が高まりすぎたせいで、抑え込むほうが大変だと日頃の苦労を語る。

するとファルコがペタペタとヴェインの身体に触り出した。

その仕草はノアにちょっと似ていて、なんだか妙な気分になる。

「聞けば聞くほど惜しいな。やはりロイに、弟をくれともっと働きかけてみようか」

「もっとということは、以前から打診していたのですか？」

「当たり前だろう。その力がなくてもお前の能力は高い。俺の部下に欲しいと、何百回も話をしている」

予想以上の回数に、ヴェインは驚きと喜びを覚えた。

「ただロイはお前が心配なんだろうな。これ以上邪竜に関わらせたくないからと、色よい返事をなかなかくれない」

「……それは、心配からでしょうか？　兄は俺の力をあまりよく思ってないようですし、危険視する故の発言だったのでは？」

ヴェインの言葉に、ファルコが浮かべたのは苦笑だった。その可能性を、彼も考えていたのだろう。

「かもしれないが、説得できるよう頑張ってみるよ。お前の力を無駄にするのは惜しいし、俺たちに協力してもらえるなら『薬』も融通できる」

「薬……？」

首をかしげると、ファルコが意味深な表情で唇に人差し指を押し当てる。

「詳細は言えないが、邪竜の呪いを消す薬を開発しているんだ」

「それは、本当ですか……？」

「実を言うと、お前のような呪い持ちは意外と多くてな。皆、多かれ少なかれ身体の変化に苦しんでいる。それを鎮め、呪いを消す研究も俺の国では進んでいるんだ」

まだ開発段階だが、効果は上々なのだとファルコは笑う。

「俺の部下に加えるのが難しいなら、せめて治験に協力してもらえないか聞いてみる。その異能は失うことになるが、呪いが消えればロイの懸念もなくなるだろう」

そうなれば素晴らしいと、ヴェインは期待に胸を膨らませる。

「よければ今度、ヨルクに来てくれないか。ちょうどノアを里帰りさせたかったし、その付き添いもかねて」

ぜひ実家にも遊びに来てくれと急に話題が逸れ、ヴェインの身体が強ばる。

「それはまさか、ご両親にお会いしろとかそういう……」

「ノアと結婚するつもりなんだろう？　だったら早いうちに会っておいたほうがいい」

「いや、確かに結婚は考えていますが……その……ですね……。今言ったように俺は実の兄にも疎まれる呪い持ちですし」

「うちの家族はそういうの気にしねぇよ」

「ですが、まだご家族に挨拶をする段階ではないというか……」

しどろもどろになっていると、ファルコがすべてを察した顔になる。

「邪竜殺しの英雄が、とんだ臆病者だな」

「申し訳ありません。ただ、彼女が好きすぎてつい慎重になりすぎてしまうというか」

「確かにお前は、昔から顔に似合わず肝心なところで足踏みするタイプだったな」

苦笑を浮かべつつ、ファルコはもう一度ヴェインの背中を勢いよく叩く。

「ノアは絶対お前に気がある。だから臆せず、押して押して押しまくれ」

拳を突き上げ、ファルコは言い放つ。勢い重視の発言を、どこまで信じていいのかヴェインにはわからない。

（昔からこの人は、その場の勢いと気分だけで好き勝手言うからな……）

仕事ではその勢いが功を奏することもあったが、ひとたび日常に戻ると空回りも多く、ファルコの部下だった頃は色々と迷惑をかけられたものだ。特に女性が絡むと暴走しがちで、彼と彼に想いを寄せる女性たちが引き起こす騒動の後始末に追われたことも一度や二度ではない。

当時の苦い記憶を思い出し、ヴェインはそっとため息をこぼす。

「ほら、そんな浮かない顔をするな。卵のことは俺やロイがなんとかするから、お前はノアとのことだけ考えていろ」

ノアを確実にものにしろと言われたが、ヴェインは困り果てた顔で頷くことしかできなかった。

◇◇◇

暗がりに揺れる蝋燭《ろうそく》の炎を見つめながら、ノアはテーブルに突っ伏し一人ぼんやりとしていた。

今日は珍しく、ノアは一人で夜を過ごしている。

ヴェインは盗賊団の捕縛作戦に参加するため家に来るのが遅くなるかもしれないと、今朝話していた。仕事で遅くなる日は時々あるが、今日は特に彼の不在が落ち着かない。

（盗賊の捕縛って、やっぱり危険なのかな……）

ヴェインは強いし、邪竜にも勝ったほどの騎士だからきっと心配はいらない。

でも盗賊団の根城に行くと聞いたときからずっと、ノアの胸はざわついている。それは夜になると酷くなり、今日は仕事も進んでいない。

（けどさすがにそろそろラフを上げないと、キーラに怒られちゃう……）

進んでいないのは、挿絵の仕事だ。

騎士の絵はヴェインの協力で進んでいるが、男女の絡みの場面が上手く描けず、ここ数日ずっと悩んでいた。

女性の裸体は昔何度か描いたし得意なはずだった。でもヴェインの身体と絡ませたところを想像すると、どうにも上手くいかない。そしてモヤモヤした感情が込み上げ、これ以上描きたくないという気持ちになってしまうのだ。

絵を描きたくないと思うことは初めてで、ノアは酷く戸惑っていた。

解決策も見つからず、今まで描いたヴェインのスケッチを眺めてみる。どんな女性ならしっくりくるだろうと考えるが、やはり上手く想像ができない。

必死に頭を悩ませていると、ふと脳裏をよぎったのはヴェインと行う『準備』のことだった。

キーラから望まれているのは、裸の男女が抱き合う絵だ。前戯と挿入の絵が一枚ずつ、どちらも甘い雰囲気に仕上げてほしいという要望である。

そして前戯は、できるなら騎士が女性を背後から抱きしめている構図がいいと言われているが、奇しくもそれは準備の過程でよく二人が取る体勢である。

（いつもは服を着ているけど、脱げば同じ体勢になるかも）

二人でやったことを裸体に置き換えて描いてみればいいのかもしれない。

ただそこで、はたと気がついた。ノアは自分に興味がなく、鏡もろくに見ない。そのために自分の身体が、正確に思い出せなかった。ヴェインの身体はほぼ毎日、様々な角度から食い入るように見ているためすぐに想像ができるが、自分の裸は全く想像ができない。

ノアは全身が映る大きめの鏡を引っ張り出すと、服を脱いでその前に立った。

鏡に映る自分の姿を見て、ノアが最初に感じたのは落胆だった。

鏡の前に立つ女は、あまりにも魅力に乏しかった。とにかく、胸が慎ましすぎる。ヌードモデルを引き受けてくれたどの女性よりも彼女の身体は薄く、平らだった。

また化粧っけのない顔には華がなく、雑に結わいた髪は乱れてしまっている。髪をほどいて落としてみるが、クセがついてしまった赤い髪は貧相な身体に似合っていない。

自分の身体が貧相であることは、周りから散々揶揄《やゆ》されてきたからわかっていた。

でも想像よりもずっと酷いし、ノアの脳裏にヨルクで投げつけられた酷い言葉が次々と蘇ってしまう。

（ヴェインと過ごすようになってからは、思い出さなくなっていたのに……）

久々に嫌な気持ちが蘇り、ヴェインに並び立つのにふさわしくないという気持ちが込み上げてくる。

（やっぱりやめよう。私じゃ絵にならない……）

この案は却下しようと思ったのに、ヴェインに抱かれ愛撫を受ける自分の姿がノアの頭に浮かんだ。

ノアの裸体を抱きしめ、背後から首筋に口づけを落とすヴェインの姿はあまりに鮮明で、思わずたじろぐ。

息づかいや指の動きまで脳裏に浮かぶため、身体の奥が熱くなってしまうほどだ。

（どうして、自分だと想像できるんだろう……）

疼く身体を止められず、鏡の前にぺたんと座り込んだノアは、じんわりと濡れ始めた下腹部に無意識に指を這わせていた。ヴェインの手がそこに触れるときのことを思い出すと、勝手に身体が動いてしまう。

（ちがう……、こんなことしてちゃだめなのに……）

想像ができるなら、それを絵にしなければいけないのに、すぐ側に転がっているデッサン用の鉛筆に手を伸ばすことができない。

絵を描くことへの欲求は、ノアにとって何よりも強いはずだった。けれどヴェインとの触れ合いが次々脳裏に浮かび、それを再現するように手は己の肌を撫でてしまう。

「……ヴェイン……」

ヒクつく花襞を指で擦りあげていると、甘い吐息と共に切ない声がこぼれる。

しかし疼く場所に触れてみても、欲望を埋めるほどの愉悦は訪れない。求めているのは自分の手ではなく、ヴェインの手なのだと思い知らされる。

彼に触れられたい、キスをされ乱されたい。そんな思いに支配されたまま、隘路の入り口に指を入れかけたとき、背後でキャンバスが派手な音を立てた。

驚き振り返り、ノアは小さく息を呑む。

「……な、なんでいるの……？」

気がつけば、アトリエの入り口にヴェインが立っていた。

驚き固まっているその顔を見て、ノアは生まれて初めて羞恥《しゅうち》というものを覚えた。

自分の情けない姿は今まで散々見せてきたけれど、女らしさが全くないことを自覚した今は、貧相な身体を彼の前にさらしていることが酷くいたたまれない。

「み、見ないで」

「むちゃを言うな！」

だがヴェインは、すぐさまノアの元に飛んでくる。着ていた外套《がいとう》を脱ぎ、ノアの身体をすっぽりと包み込んだ。見ないでと言ったくせに、猛烈な勢いで隠されたことに気持ちが沈む。

「……やっぱり、見てほしい」

「更にむちゃを重ねるんじゃない！」

「それは、見たくないってこと？」

めまぐるしく変化する感情に戸惑いながら尋ねると、ヴェインがぎゅっとノアを抱きしめた。

「そんなわけないだろう！　好きな相手の裸を見て、喜ばない男がどこにいる」

「ヴェインは、私のことまだ好きなの？」

驚き尋ねると、ヴェインのほうが驚いた顔をする。

「好きだと最初から言っているだろう！」

「でも私が触ると嫌がるから、もう好きじゃなくなったのかと思ってた……」

ノアの言葉に、ヴェインは慌てた様子で抱きしめる腕に力を込める。

「違う、そうじゃない……そうじゃないんだ……」

小さく呻き、ヴェインはノアの唇を優しく奪う。そしてノアの頬を撫でながら、いつになく真面目な顔になる。

「……好きだから、自分を抑える自信がなくて触れるなと言ったんだ。ノアに、乱暴をしたくなかったから」

「乱暴？」

「君の意思を無視して、初めてを奪いたくなかった」

「初めてって、中に射精すること？」

「そうだ。痛みも伴うし、それに初めては女性にとって大事なことだ」

「だから、ヴェインは大事にしてくれていたの？」

頷かれ、ノアはひとまずほっとする。

「ごめんなさい、何も知らなかった」

「いい。むしろ俺が、もっと言葉にすべきだった」

ヴェインの大きな手がノアの頬や頭を優しく撫でる。そうされると先ほどの疼きが戻ってきて、ノアはなんだか落ち着かない気持ちになってしまう。

頬を赤らめながら太ももをこすりつけていると、ヴェインが気まずそうな顔になる。

「……それで、だな……。君はその、なぜ裸だったんだ？」

「絵を、描こうと思っていたの」

挿絵の仕事が進んでいないこと、そして自分の身体を見て描いてみようと思ったことをノアは素直に告げる。

「でもヴェインとのこと、思い出したら変な気分になっちゃった」

そして今もなっていると言えば、ヴェインは「うおおおおお」と呻きながら天を仰ぎ、手で顔を覆った。その反応の意味がわからず、ノアはヴェインのシャツをぎゅっと摑む。

「しちゃ、駄目なことだった？」

「いや、いくらでもしてほしい。俺を思ってしてくれたと思うと、感動と興奮で頭がおかしくなりそうだ」

「つまり、嬉しいの？」

「猛烈に嬉しい。だって俺に、触られたかったんだろう？」

「うん。あと今も、触ってほしい」

「君は本当に、ずるい……」

ヴェインは大きく息を吐くと、真面目な顔でノアを見つめた。

「先ほど見てほしいと言った言葉は、まだ有効か？」

「見たいの？」

「ああ、とても見たい」

そう思ってくれるのが嬉しくて、ノアは肩にかかった外套を脱ぎ捨てた。

食い入るように見つめられると少し落ち着かない。

「ヴェイン、私なんだか、恥ずかしいみたい」

「みたい？」

「今までそういうこと、思ったことなかったの。でもヴェインに見られると落ち着かないから、きっとこれが恥ずかしいってことだと思う」

たぶん緊張もしているのだろう。ノアは落ち着きのない自分の気持ちとどう向き合えばいいのかわからず、困ったように笑う。

「どんな姿を誰に見られても、今まで何も感じなかったのにヴェインは別みたい」

「それは俺が特別ってことか？」

「うん、きっと特別なんだと思う」

ノアはヴェインの胸にぎゅっと顔を押しつける。恥ずかしさに赤くなった顔を、彼に見せたくないと思ったからだ。

だが、ノアの中でまた新しい感情が芽生えることになる。

「ヴェイン、もしかして女の人と一緒にいた？」

「ん？　女？」

「ヴェインから、女の人の匂いがする」

これは香水だ。それも一つや二つではないと気づいた瞬間、胸の奥が痛くなる。

もしかして、自分以外の誰かがこの胸に縋りついたのだろうかと考えると、泣きたいような気持ちにもなった。

それが顔に出ていたのか、ヴェインが慌ててうつむくノアを上向かせる。

「こ、これはたぶん、君の兄さんの家でついた匂いだ。訳あって彼の家に行ったら、女性たちと鉢合わせをしてしまった……」

「それで、抱きつかれたの？」

「腕には縋られたが、それだけだ。ノアは別だが、俺はそもそも女性が苦手だし、近づくのも本当は嫌なんだ」

「じゃあ、私は特別？」

先ほどとは逆に、ノアが期待の眼差しをヴェインに向ける。

するとヴェインは優しく笑いながら、大きく頷いた。

「特別だ。触れたいと思うのも、裸を見たいと思うのも君だけだ」

ヴェインの言葉に、今度はあふれんばかりの喜びが芽生えた。

「この匂いが嫌なら水をかぶってくるが、どうする？」

「このままでもいい。それより、今はヴェインに触ってほしい」

「そんなことを言われると、触るだけですみそうにない」

「触るだけじゃなくていい。初めては大事だってヴェインは言うけど、大事ならなおさらヴェインにあげたい」

そう言って微笑んだ途端、ヴェインの手によってノアは突然抱き上げられた。

「ヴェ、ヴェイン……？」

「少しだけ黙っていてくれ。これ以上可愛いことを言われたら固い床の上で君を抱き潰してしまう」

「じゃあまた、バスタブでするの？」

「今日はベッドだ」

確かにバスタブは固いし、長身で大柄のヴェインはいつもどこかに腕や足をぶつけていた。だからベッドのほうが遠慮なくキスや抱擁もできるのかもしれない。

そんなことを考えているうちに寝室にたどり着き、ヴェインがノアをベッドに横たえる。

「ッ……！」

そしていきなり、激しいキスが降ってきた。

呼吸もままならない荒々しさに翻弄《ほんろう》されつつ、差し入れられた舌を必死になって受け入れていると、ヴェインが着衣を取り払う気配がした。

（そういえば、こうしながらヴェインの裸を見るの……初めてかも……）

準備のときはいつもお互い服を着ていたから、その肌に直に触れるのも初めてだった。

キスを交わしながら彼の厚い胸板に触れると、ヴェインもまたノアの胸を手で覆う。

キスが止み、二人は見つめ合ったまま微笑んだ。

「私、ずっとヴェインに触りたかったの」

「俺もだ。俺もずっと、君に直接触りたかった」

いつも以上にヴェインが近くに感じられて、ノアは幸せな気持ちになる。

でもヴェインはまだ、僅かなためらいがあるらしい。

「けれど、嫌ではないか？　もし、呪われた身体を気持ち悪く感じるなら……」

「気持ち悪いなんて、思ったことないよ」

ノアはヴェインの顔に手を伸ばす。仕事帰りなので、彼は痣と傷を隠す仮面をつけていた。それを外し、ノアは細い指で不気味な痣をそっと撫でる。

「私はヴェインに触りたいし、触られたい」

頬から首、そして首から背中や腕へと伸びる痣をノアは優しく撫でた。

そこは他の場所よりほんの少しだけ熱を持っている気がする。

けれど違うのは、それだけだ。

「ずっとこうしたかったから、今すごく嬉しい」

無邪気に笑うと、まるで子供のようにぎゅっと縋りつかれる。

ノアよりずっと年上で身体も大きいのに、ヴェインは時々こうして子供のような表情や仕草を見せる。そんなヴェインを見ていると優しくしたいという温かな気持ちが込み上げて、ノアもまた大きな身体を抱きしめ返した。

「俺もずっと、こうしたかった」

ヴェインが言葉と共に、唇をもう一度重ねる。

優しく啄《ついば》むようなキスを何度か施したあと、ヴェインは再びノアの胸に手を当て、その頂きをくすぐった。官能を刺激するような手つきではなかったのに、彼の指先が触れただけでノアの奥に快楽の火種が生まれてしまう。

こぼれる吐息は甘く、蕩けた相貌はヴェインにもっと触れてほしいと訴えていた。

(気持ち悪いどころか、気持ちよすぎて……困る……)

自分で触ったときは物足りなくてたまらなかったのに、ヴェインの指だとささやかな愛撫にさえ心地よさを覚えてしまう。

それを察したのか、ヴェインは立ち上がり始めた胸の頂きに唇を寄せた。

未知の刺激にノアは目を見開く。乳首を舐るのは、たぶん舌だろう。ざらりとしたそれが頂きを刺激するたび、腰の奥がゾクゾクしてしまう。

「……ッ、なめちゃ……やぁ……」

あまりの心地よさは、時に辛い。

思わず拒絶の声がこぼれるが、ヴェインの舌は止まらなかった。

それどころかもう片方の乳房にも手を這わされ、頂きを指でこねられる。

そのまま上目遣いでノアを見る彼は「どっちが好きだ?」と尋ねているようだった。

指と舌で交互に胸をいじめられ、ノアは甘い悲鳴を上げながら身体をはしたなく震わせる。シーツをぎゅっと握りながら耐え忍ぼうとするが、指の感覚がなくなるばかりで愉悦はとどまるところを知らない。

「……ンッ、ああっ……」

快楽に抗おうとするささやかな努力を嘲笑《あざわら》うかのように、ヴェインの舌がより激しく乳首を舐った。

気がつけば、ノアの下腹部はもうぐちょぐちょに濡れている。

感じやすいとヴェインに言われてきたが、こぼれる蜜の多さにさすがのノアも戦く。まるで粗相をしたかのように、卑猥《ひわい》に濡れる臀《でん》部を隠そうと太ももをこすり合わせたが、その動きが逆にヴェインに変化を気づかせてしまった。

「ここに、俺が欲しいか？」

太ももの間に指を入れ、蜜をすくい上げながらヴェインが尋ねる。

素直なノアは、恥じらいながらもそれに頷いた。

「では、毎日ほぐした成果を試してみようか」

濡れた花襞を見せることに僅かな羞恥を覚えるも、結局は快楽への期待が勝ち、ノアは閉じた太ももをおずおずと開く。

毎日のようにほぐされた入り口はヒクつき、妖しく蜜をこぼす様がヴェインにさらされる。恥ずかしいけれど、ノアは僅かな喜びをも覚える。

（ヴェインが見てほしいっていう気持ち、少しわかる……）

見つめられることでも官能は引き出されるのだと、ノアは初めて知った。

ヴェインの眼差しは鋭く、右目に至っては竜を思わせる獰猛《どうもう》な輝きを放っている。でもそれを、恐ろしいとは思わない。

むしろその荒々しい瞳に欲望や情動がよぎるたび、身体がゾクゾクと震えてしまう。

「ヴェイン、はやく……」

気がつけばはしたない懇願までしてしまうが、その罪深さにノアは気づかない。

「素直すぎて、少し心配になるな」

言いながら、ヴェインの指が襞の間を軽くこすり始めた。

それだけで甘い吐息がこぼれ、ノアの身体が更に熱を持つ。襞をかき分けた指は、ほどなくして蜜口に到達する。

「すごいな、いつも以上にぐちょぐちょだ」

「ッ、だって……気持ちいい……から……」

「嬉しい。これならきっと、すぐに入れられる」

ヴェインの指が、ぬぷりと隘路に滑り込む。

執拗なほど繰り返された準備のおかげで、ノアは中でも感じられるようになっている。

隘路は指を容易く飲み込み、その数を増やされるたび喜びに戦慄《わなな》いていた。

でも今日はそこに、物足りなさが加わっている。

(指もいいけど、欲しいのは……これじゃないみたい……)

そんな思いと共に、ノアの視線がヴェインの身体へと向けられる。無意識に下腹部へと視線が向いた瞬間、ヴェインが僅かに慌てた。

　隘路への手を引き抜き、慌ててノアの視界を手で覆った。

「なんで、隠すの……？」

「君の視線は、俺にとっては凶器にも等しい。そんな蕩けた目で見つめられたら、入れる前に果ててしまう」

「いつもは見てほしいって言うのに……」

「見てほしい気持ちは今もある。でもノアは今すぐ俺が欲しいんだろう？」

　頷くと、ヴェインはノアの唇をそっと奪った。目を覆われたままのキスは、それはそれでゾクゾクして、ノアの身体が妖《あや》しく揺れる。

「できたら少しだけ、目を閉じていてくれ」

　その言葉と共に、何か熱い物がノアの入り口をこすりあげた。

　ヴェインの生殖器だとわかったが、なんだか想像よりもずっと大きく感じる。

　彼はいつも下着を外さなかったし、服を脱いだときも観察する余裕はなかったので、しっかりと見たことはなかった。

　でも執拗に準備をしていた理由が今になってようやくわかる。

「……怖いか？」

　尋ねられ、ノアは首を横に振る。その大きさに驚いたのは確かだけれど、怖さより期待のほうが今は上回っていた。

「……大丈夫。それより、どうすればいい……？」

大きな物を受け入れるのはきっと大変だろうと察し、ノアが尋ねる。

そうするとヴェインが、ノアの足を持ち上げ太ももを大きく開かせた。

「このまま、力を抜いていてくれ」

頷くと、ヴェインの先端がノアの入り口をぐっと押し開く。

毎日の準備で、ノアの中は初めてとは思えないほどほぐれてはいたけれど、それでも圧迫感と僅かな痛みが走る。

「……ッ、く……」

「すまない、痛むよな……」

「大、丈夫……」

痛いけど、耐えられないほどではないし余裕もある。

それよりもヴェインと繋がれることが嬉しくて、ノアはそっと微笑んだ。

「平気……。それにもっと奥まで……きてほしい……」

「そんなことを言われたら、なけなしの理性が狂うだろう」

いつになく切迫した声が響いた直後、ずんっとヴェインの物が奥深くへと滑り込む。

痛みはさほどなかったが、それでも息が止まるほどの圧迫感に呻き声が漏れる。

「お、おきい……」

「君が可愛いことを言うからだ」

　そして、てっきりもう終わりかと思ったら更に奥までヴェインの物が入り込む。

「く、あ……ッ、深い……」

「まだ、だ……」

「あッ、あ……、おお、きいよ……」

　ヴェインの物が中に進むたびに激しく乱され、苦しさに身をよじってもなお終わりが見えない。さすがにまずいと思ったのか、ヴェインが動きを止めた。

「もう、終わ……り……？」

「今日は、ここでやめておこう。もう十分、君は受け入れてくれた」

　ヴェインの声はどこか辛そうだった。だからノアは彼へ手を伸ばす。

「だめ……、最後まで……欲しい」

「さすがにこれ以上はかなり痛むと思う」

「いいの。痛くても平気……」

　中途半端は一番嫌だと思いながら伸ばした手は、ヴェインの肩に触れたようだった。そこをぎゅっと摑み、余力を振り絞って自分に引き寄せると、ヴェインがぐっと呻く。

「なら、最後は一気に行く……」

頷いて、ノアは彼の肩に縋りつく。

その直後、全身を駆け抜けたのは激しい痛みだった。

「……ッ!!」

想像の何倍も苦しいが、それでも耐えられたのは、ヴェインの身体がノアの身体に密着するほど重なったからだろう。

「全部、入ったぞ……」

苦しくなるほど中を埋め尽くされ、肌が重なるとなんだか泣きたいほど幸せだった。

「このまま、少し慣らそう」

「……目、開けても……いい？」

「……よくはないが、たぶん大丈夫だ」

覚悟を決めるように息を吐き、ヴェインが「いいぞ」と許可をくれる。

そっと目を開けると、飛び込んできたのは熱情を宿した凛々しい相貌《そうぼう》だった。

「君の中は、すごく温かい」

「きもち、いい？」

「いいよ。よすぎて辛いくらいだ」

こぼれた笑みは幸せそうで、ヴェインもまた自分と同じ気持ちなのだとわかる。それが何よりも、ノアは嬉しかった。

「ずっとこうしていたい」

「私も……」

しかし一方で、まだ何かが足りない気もする。

「そういえば、動かなくて……いいの？」

「……いや、それは」

「本には、いっぱい動くって……書いてあったよ？」

「まあそうだが、さすがに痛むぞ」

「いい。私、痛いのには強いから……」

たぶん感じるのは痛みだけではない。そんな予感を覚えながら、ノアは自分の顔を不安げに覗き込んでいるヴェインの唇をそっと奪った。

「……それに痛いなら、キスしながら動いたらどうかな？」

ヴェインのキスはいつもとても気持ちがいいから、きっと痛みなんて吹き飛んでしまう。

そんな無邪気な考えからこぼれた言葉は、どうやらヴェインの理性を吹き飛ばしたらしい。

「君は本当に……！」

言うなり深々と唇を奪われ、同時にヴェインが腰を揺らす。彼の物が動くと、確かに痛みはある。けれどノアは、どうやら隘路を刺激されるのが弱いらしい。

「ん、……っあ、ああ、ン……ッ」

キスの合間にこぼれる声は甘さを増し、痛みを越えて愉悦がじわじわと滲み出す。

抜き差しされるヴェインの物は更に大きくなっていくように感じたけれど、圧迫感にもだんだんと慣れ始めていた。

次第に腰を穿《うが》つ音が大きくなり、ノアの小さな身体は激しく揺さぶられる。

ぱん、ぱんと音を立てながら肌が打ち合い、中をえぐられるうちにノアの中から痛みはすっかり消えていた。

「あ、ヴェイン……」

「ノア……ッ、気持ちいいのか？」

「いい、……ヴェインの、気持ちいい……」

言葉が重なるたびお互いを求める気持ちが高まり、ノアの隘路がヴェインの物をきゅっと締め上げる。途端に先ほど以上に激しいキスを見舞われ、二つの口をヴェインにしっかりと塞がれてしまう。

「ん、ンッン……ッ！」

同時にノアはぐんと上り詰め、突然目の前が真っ白になった。

あまりに性急な絶頂の訪れは、戸惑いと強すぎる法悦《ほうえつ》のなかに彼女を突き落とす。

身体がバラバラになったかのような感覚の中、ノアの身体は淫らに震え弛緩する。

時を同じくして、激しい熱が彼女の中に放たれた。

「ああ、ノアッ……！」

キスの終わりと共にヴェインが狂おしげな声でノアを呼び、それが絶頂の余韻を長引かせる。二人は自然とお互いをぎゅっと抱きしめ、荒く息を吐きながら愉悦の波を漂う。

ヴェインの手によって絶頂を迎えた経験は何度もあるけれど、その中でも今回が一番幸せだとノアはぼんやり思う。

（ヴェインが、いつもよりずっと近くにいる感じがする……）

肉体だけでなく心もまた寄り添ってくれている気がする。それが嬉しくて、ノアはヴェインの胸に頬を寄せた。そうしているとなんだか眠くなってしまい、ノアはゆっくりと目を閉じる。

本当は絵を描かないといけないのだけれど、まだ彼と離れたくはない。

そんな思いも重なって、ノアはヴェインの腕の中から出られないまま、意識を手放したのだった。

◇◇◇

目を開けると、何度も絵に描いてきた美しい裸体がそこにはあった。

これは夢だろうかと思いながら瞬きを繰り返したノアは、視界を覆う厚い胸板にそっと指を走らせる。筋肉の起伏をたどり、呪いの痣を優しく撫でると低い呻き声と共に身体をぎゅっと抱きしめられる。

「あまり可愛いことをするな。また、抱きたくなるだろう」

寝起きでかすれた声に、ノアの顔が思わずほころぶ。

「よかった、夢じゃなかった」

「夢だと、思っていたのか？」

「だってヴェイン、朝はいつも帰ってしまうから」

ノアが寝たのを確認すると、彼はいつもこの家を出て行ってしまう。それがなんだか寂しくて「泊まっていって」と言うたび、ヴェインは「軽々しくそういうことを言っては駄目だ」と慌てふためいていた。

結局翌朝また来てくれるし、仕事終わりにも顔を出してくれるのですぐまた会えるのだけれど、それでもヴェインが帰ってしまうことがたぶんノアは寂しかったのだ。

彼の腕の中でそうと気づいたノアは、ぎゅっと彼の腕に縋りつく。

「ずっと隣にいてくれて、嬉しい」

「君が望むなら、これからはずっといる」

「本当？　嫌じゃない？」

「当たり前だ。君が好きだと何度も言っているだろう」

信じられないかと尋ねるヴェインの声は少し寂しげで、ノアは慌てて首を横に振った。

「ヴェインの言葉は信じてる。でも私は、自分のことが信じられないから」

そう言って、ノアは自分の身体をそっと撫でた。

「私、好きより嫌いだって言われたことのほうが多いんだ。……絵もこの身体も欠陥品で、価値なんて何もないんだって」

「おいっ、いったい誰がそんなことを言った！」

驚いた顔で尋ねられると、ノアの脳裏にかつての知人たちの顔が浮かぶ。

「ヨルクの画家仲間たち。最初はみんな優しかったんだけど、最後は嫌われちゃった」

「そいつらを全員、邪竜の餌にしてやりたいな……」

怒り出すヴェインを、ノアは不思議な気持ちで見つめる。

「なんで、ヴェインが怒るの？」

「君は俺の大事な恋人だ。それを傷つけられたのなら、怒るだろう」

「でもその頃はヴェインの恋人じゃなかったし」

「だが君はまだ、傷ついているのだろう？」

ノアの頬をヴェインの手がそっと撫でる。

「傷ついて、苦しんで、自分が信じられないのも、そいつらのせいだろう。俺はそれが悔しいし辛い」

「ヴェインも辛いの?」

「ああ。それに酷い言葉を投げつけられる辛さは、理解しているつもりだ」

人でなくなった右目が切なげに細められ、ノアは彼もまた自分のように酷いことを言われてきたのだと察する。

　前にヴェインが人助けをしたときも、周りの人々は彼を遠巻きにして怯えていた。そういう人はノアが思っているよりたくさんいたのかもしれないと気づく。恐れるだけでなく嫌悪し、気持ちが悪いと言われ、彼はきっと傷ついてきたのだろう。

「とくに仲がよかった相手からかけられる言葉というのは辛いものだ」

「ヴェインも、知り合いに避けられてしまったの？」

「俺の場合は兄だ。兄は邪竜に類《るい》するすべてを憎んでいるから、呪いを受けた俺をあまり快く思っていない」

　ノアはその言葉に驚く。以前会ったとき、仲が悪いようには見えなかったからだ。

「兄は邪竜に家族を殺されているし、仕方がないことだとは思う。でもずっと仲がよかっただけに辛い」

　小さな頃から、喧嘩をしたこともなかったんだとヴェインはポツポツと思い出話を語る。

「兄は騎士団長に、自分は副団長になって国を守るんだって子供の頃はよく話していた。うちは早くに両親が死んだから、彼が親代わりみたいなところもあったしな」

「本当に仲がよかったんだね」

「ああ、だからこそ辛い」

初めて知るヴェインの事情や苦しみに、ノアは思わず胸を痛めた。

そういうことを今まで全く悟れなかった自分に、情けなさを覚える。同時に、彼のことをちゃんと理解し、傷ついているなら癒《い》やしてあげたいと思わずにはいられなかった。

「ヴェインが辛いのは、私も嫌だな」

「なら、俺たちは同じ気持ちだな」

優しい声に、なぜだかノアは目の奥が熱くなった。

「そして同じ辛さを知り、同じ気持ちを持っているからこそ、寄り添えることもあると思う。だから俺には素直に甘えてくれ」

ヴェインが言葉を重ねるたび、ノアの心の底にこびりついていた苦しい痛みが、少しずつ消えていくようだった。

「ヴェインはすごいね。今の言葉で苦しい気持ちがなくなっちゃった」

「君の役に立てたのならよかった」

「立ちすぎて困るよ。私も、ヴェインの苦しい気持ちを消したいのにできないし」

そう言うと、ヴェインが不意にノアのまぶたの上にそっと口づけを落とす。

「もうすでに、消してもらってるよ。その美しい目に見つめられるたび、俺は何度も救われてきた」

「本当に？」

「そうでなければ押しかけ女房のようなことなどしないさ。君は俺の救いであり、希望であり、宝だ。だからずっと側にいたくて、求婚までしたんだ」

ヴェインの言葉の意味を、ノアはこのとき初めて正しく理解した。

（そっか、結婚すればずっと一緒にいられるんだ）

自分を救い、幸せにしてくれる人の側にいたい。

結婚というのは、そんな気持ちから始まるのかもしれないとノアは考える。

「ずっと側にいられるなら、確かに結婚っていいね」

思わずこぼした瞬間、不意にヴェインの身体が固まった。

どうしたのだろうかと視線を上げると、絵に描いたような驚き顔がそこにはあった。

「……ノア」

「ん？」

「ちょっと、一分だけ待っていてくれ！」

言うなり、ヴェインが猛烈な勢いでベッドを飛び出していく。居間のほうへ駆けていったかと思うと、何かが倒れたり割れたりする音が立て続けに響いてきた。

いったい何をしているのだろうかと不安になりつつ待っていると、宣言通りの時間でヴェインが戻ってくる。

「……ノア、改めて言う！　俺と結婚してくれ！」

ヴェインは跪き、小さな箱のような物を差し出した。しかしノアはヴェインの言葉や箱以上に気になる物を見つけてしまい、ついそちらに視線を向けてしまう。

「こんな大きいのが、私の中に入ってたの？」

つぶやいた瞬間、ヴェインもまたノアの見ている物に視線を向ける。彼は真っ赤になり、

「ぐあああああああ」と悲鳴を上げながら側に落ちていた毛布を摑んだ。

彼がノアから隠したのは、自らの股間である。

「み、見ないでくれ……！　これ以上プロポーズを台無しにしたくない！」

「これ以上というか、たぶんもう台無しだよ？」

なにせヴェインは全裸である。それが結婚を申し込むときの正装ではないことは、ノアにだってわかる。

「つ、つい気持ちが先走って……服を着るのを忘れていた……」

「でも別に、いいんじゃないかな。ヴェインの裸、すごく素敵だし」

「いや、全くよくない……！　そしてあの、見ないでくれ……君に見られると俺は……」

言うなり、ヴェインはぷるぷる震え出す。

「あともう一分だけ俺に時間をくれ」

ノアは慌てて側にあった枕を取り上げ、それで顔を隠した。

そのまましばらく待っていると、ヴェインがようやく「もう大丈夫だ」と言った。

「見ても、いいの？」

「ああ、服を着た」

「それは、ちょっと残念かも」

言いつつ枕をどけると、ヴェインはズボンとシャツを身につけていた。

「一応誤解のないように言っておくが、君に見つめられるのはとても好きなんだ。むしろ裸だって本当はずっと見ていてほしい。君が見てしまった部位も含め、その美しい瞳に射貫かれたいといつも思っているんだ！」

そう言って、ヴェインはグイグイ距離を詰めてくる。

強い言葉をいくつも重ねられたせいで、ノアは彼の言い分を素直に信じることができた。

「好きすぎて、私に乱暴したくなる感じなんだっけ？」

「ああ。それに情けない姿を見せたくないという気持ちもある」

ヴェインはいつになく苦しげな顔になる。

「俺はその……君の目が好きすぎるんだ。見つめられるだけで馬鹿みたいに興奮してしまうと言うか、異常なほど昂《たかぶ》ってしまうと言うか」

「それは、普通じゃないの？」

「全くもって、普通じゃない。それに、とても情けないことなんだ」

そしてたぶん、苦しいことでもあるのだろうとノアは理解する。

なにせ、ぷるぷると震えてしまうほどなのだ。

「君に会うまでは性的興奮をあまり覚えない体質だったんだが、今は駄目なんだ……」

「じゃあ、私の目だけがそうさせるの？」

「ああ、君だけが俺をおかしくする」

その言葉に、ノアはなんだか嬉しい気分になってしまう。

ヴェインが苦しんでいるのに喜ぶなんてと自分を律するが、それでもじわじわと喜びがあふれてしまい戸惑った。

「ごめんなさい」

「いや、俺の身体が勝手に反応していることだから謝ることでは……」

「違うの。ヴェインが苦しんでいるのに、私だけがそうさせるって思ったら、なんだか嬉しいって思っちゃったの」

だから、ごめんなさい……と伝えようとしたのに、謝罪の言葉を口にするより早くヴェインの腕に再び閉じ込められる。

「嬉しいと思ってくれるなら、むしろありがたい。気持ち悪いとなじられてもおかしくないことだ」

「気持ち悪いことなの？」

「ああ。だって君に見つめられただけでその、俺は……射精しかける」

というか、したこともある……と苦々しい顔で言われるが、ノアはむしろ嬉しかった。

昨晩達したとき、彼はとても幸せそうだった。それにノアを呼ぶ声は、彼女を心の底から愛おしんでいた。

そうさせるのが自分の眼差しなら、嫌になるわけがない。

「それも嬉しいから、大丈夫だよ」

「君は天使か!!」

「ううん、ただの画家だよ」

天使はたまに描くが正直あまり上手くないと言いかけたところで、唇をキスで塞がれる。

「俺にとっては天使だ。呪いのことも、変態じみた性癖も許容してくれるなんて、君くらいだ」

「大げさだよ」

「大げさじゃない。俺にとっては、とても特別なことだ」

だから……と、ヴェインは先ほど持っていた箱を持ち上げた。

「改めて君にプロポーズをさせてほしい。さすがにさっきのは情けなさすぎるから、やり直しをさせてくれ」

ヴェインの申し出は嬉しかったが、ノアははたと気づく。

「でも、私もまだ裸だけどいいの？」

「……確かに」

悩ましげな顔になると、ヴェインは「よし」と気合いを入れる。

「後日改めてやり直す。今度こそ完璧な、君がうんと言いたくなるプロポーズにする」

「別にどんなプロポーズでも嬉しいけど」

「待てっ、それはつまり……！」

「でも本当に私でいいの？　正直まだ恋人としての振る舞いもわかってないのに、夫婦なんてもっとわからないよ？」

どう考えても、自分はよき妻になれる気がしなかったけれど、ヴェインはそれを問題だと捉えていないらしい。

「俺は、君が君のまま側にいてくれればいい。前にも言ったが、画家の仕事だって続けてほしい」

「でも誰かに怒られない？　ヴェインは貴族だよね？」

「確かに、すべての人が俺たちのことを受け入れるわけではないだろう。だが俺の家族は喜ぶだろうし、異を唱えたりはしない」

ロイだって感謝するだろうと、ヴェインは断言した。

「むしろ、君こそ嫌ではないか？　俺のような男を夫にすれば、心ないことを言われることもあるだろう」

「それは平気。色々言われるのは慣れているし、ヴェインの大事な人が認めてくれるならそれでいい」

そう言って笑うと、ヴェインの腕にぎゅっと閉じ込められる。

「なら結婚しようノア。……あっ、でもプロポーズはやり直しはさせてくれ！」

「こだわるね」

「さすがに全裸は、まずいだろう」

ヴェインが望むなら改めてしてもらおうとノアは思う。

「じゃあ、もう一度プロポーズしてもらうまでに結婚のこと、私も勉強しておく」

「嬉しいが、無理はしなくてもいいぞ」

「無理じゃないよ。ヴェインと一緒にいるとね、絵以外のことも色々知りたいって最近よく思うの」

そういう変化は、戸惑うが嫌ではない。

「あと、恋人がすることももっと知りたい。結婚するまでは、恋人同士ってことになるんだよね？」

「そうだな。婚約者のほうが近いかもしれないが、似たようなものだ」

「だったら恋人が何をするか教えて？　私にできることがあったら、色々やってみたい」

そう言うと、ヴェインはまた情けない呻き声をこぼす。

「あくそ、ノアがどんどん可愛いことを言ってくれるから、心臓が持たない！」

「大げさすぎない？」

「大げさではない！　君は天使で、小悪魔で、俺を悶えさせ翻弄させる天才だ！」

よくわからないが、少なくとも褒められているのはわかり、少し嬉しくなる。

そしてノア以上に、ヴェインは喜び興奮していた。

「よし、そう言ってくれるならこれからは恋人らしいことをたくさんしよう。下手に我慢して、君を不安にさせるのも嫌だからな」

ヴェインの情けない顔が甘く優しいものへと変わった。

それにドキッとする間もなく、ノアは唇を奪われる。

「今日はもう仕事に行かねばならないが、次の休みは恋人らしく過ごそう」

「恋人らしく……」

「ああ、ものすごく恋人らしく」

ノアはいつになく心臓が五月蝿いことに気づく。

「可愛いノア、俺はもう容赦はしない。君が望んでくれるなら、本気で行かせてもらう」

甘く囁くその声に、もしかしたら自分は眠れる獅子を揺り起こしてしまったのかもしれないと気づく。

たぶんヴェインは、ノアが思う以上に恋人には甘くて優しくて格好いい。

恋愛初心者の自分には手に余るかもしれないと思いつつも、新たな口づけに抗う術はなかった。

第五章

恋人らしく過ごすという言葉を、ヴェインが実行したのは早かった。

宣言から二日目の朝を迎えたノアは、さっそく甘い応酬に戸惑うことになる。

「……あの、これは何？」

ノアが見つめていたのは、朝食のソーセージである。

ヴェインと朝食をとるのは、ノアにとって二日ぶりのことだった。盗賊団の討伐は終えたものの、何か問題が起きたらしく昨日はろくに顔を合わせることもできなかったのである。

仕事が終わるとすぐヴェインはノアの元に飛んできた。そして昨晩は熱烈な夜を過ごし、ヴェインはべったりとノアに張り付き全く離れないのだ。

「何って、ノアの好きなハムとソーセージだ」

「それは見ればわかる」

尋ねずにいられなかったのは、食べやすいよう小さく切り分けたハムとソーセージの刺さったフォークを持っているのがヴェインだったからだ。

いつもならノアの手元に置かれている食器の類《たぐ》いが今日はなぜか一つもなく、代わりにヴェインがノアの分の料理を取り分けて口元に運ぼうとしているのである。

「恋人なら、こうするのが普通だろう」

「そうなの？」

「そう本で読んだ。恋人の世話を焼くのもいちゃいちゃの基本らしい」

恋人というより赤子相手のような仕草だが、世の恋人は二人きりになるとこうして食事を食べさせ合うのがしきたりだとヴェインは豪語する。

「ということで、口を開けてくれ」

「わかった」

そしてノアは、あまり物事を深く考えない質《たち》だ。ヴェインがそう言うのならそういうものなのだろうと、彼女はハムとソーセージをパクリと口にする。

「いい子だ」

そう微笑む顔はあまりに甘くて、ノアはうっと喉を詰まらせかける。

「ひゃっはり、ふぇいいん……へん……」

「ノア、食べているときはしゃべっては駄目だ」

物言いは母親のようなのに、声の調子はやっぱり甘い。

「……やっぱり、ヴェイン変……」

「俺が？」

「なんかその、すごく……甘い」

あと格好いいと言いたかったけれど、ノアの言葉を聞いて微笑む様が素敵すぎて喉を詰まらせる。

「別にいつも通りだ」

「いつもはもっと情けないし、顔も崩れるし、『あー』とか『うぉお』とかもっと唸る」

「唸りたい気持ちは今もある。だが、気持ちはちゃんと言葉にしないと伝わらないだろう。だから君を可愛いと思う気持ちや、自分のしたいことは呻き声ではなく言葉にしようと決めたんだ」

甘い笑顔はそのままで、ヴェインの手が新しく料理を口元まで運んでくる。

「俺は食事中の君の目が好きだ。美味しいものを食べるとキラキラ輝くところも、苦手な物を食べているときの死んだような目も大好きなんだ！　そしてそれを一番近くで見たい。あわよくば、その瞬間を俺の手で与えたい」

「……それで、食べさせてるの？」

「も、もしや嫌か？」

「嫌じゃないけど、なんか……あの……」

この落ち着かない気持ちをなんと表現すべきかわからず戸惑う。でも自分が嫌がっていると誤解させたくなかったので、ノアはひとまず差し出されたハムにかぶりついた。

「……おいしいし、食べる」

「ではこれから毎日、君に食べさせていいか？」

「ド、ドキドキするから……時々がいい」

「ドキドキ、してくれているのか」

笑みを深められ、ノアの胸が詰まる。

「するけど、なんだか落ち着かない」

「でも嫌ではないんだな？」

言いながらまた料理を差し出され、ノアは頷きながらそれを食べる。

結局ヴェインは最後まで給仕の手を止めず、ほどなくして皿は空になった。

ドキドキしていたせいか、いつもより時間が長く感じられてノアは思わず時計を見る。

「あれっ、そういえばお仕事はいいの？」

気がつけば、普段ヴェインが仕事に行く時間をとうに過ぎている。

「今日は休みだ。元々、大規模な討伐のあとは休みが取れるんだが、色々あって昨日はそうもいかなくてな……」

僅かに浮かない顔になるが、ノアが見つめているとすぐにまた笑顔が戻る。

「じゃあ、今日は一緒にいられる？」

「ああ、一緒にいよう」

言葉と共に細められた目は優しくて、ノアはヴェインにキスしたい気持ちになる。それは彼も同じだったようで、顔を傾けながらそっと唇が近づいてきた。

だが、ノアは僅かな異変に気づく。

「ヴェイン、目をどうしたの？」

「目……？」

「左目も、赤くなってる」

瞳孔こそ人のままだが、普段は濃い紫色をしている彼の瞳が鮮やかな朱色に染まっていたのだ。いつからだろうかとノアは訝しく思い、ヴェインもまた目元に手を当てる。

凜々しい顔に浮かんだ不安そうな色に、ノアは嫌な予感を覚えながらヴェインのシャツをぎゅっと掴む。

「……ッ！」

次の瞬間、ヴェインの表情が突然苦しげに歪《ゆが》んだ。小さく呻きながら、両手で耳を塞いでいる。

「ど、どうしたの!?」

「……音、が……!」

どうやら、異変は目だけでなく耳にも表れているらしい。

「痛いの？　苦しい!?」

ノアが縋ると、ヴェインは身体を大きく震わせながら、首を横に振る。

「音が、流れ……込んでくる……」

耳を押さえても止まらないらしく、ヴェインは身体を屈折させ苦しげに喘ぐ。

その姿が見ていられず、ノアは覆いかぶさるようにしてヴェインの頭を抱きしめた。

自分の身体が、音を遮るものになればと思ったのだ。

多少は効果があったのか、ヴェインの身体から力が抜けていく。

そしてヴェインは、ノアの胸にぐっと顔を押し当てた。

「……君の鼓動を聞いていたら、落ち着いてきた」

「でも、まだ辛そうだよ」

「だいぶマシだ。君の声も今は普通に聞こえる」

ゆっくりと顔を上げたヴェインの瞳は、元の色に戻っている。ほっとしつつ、ノアは彼の頭をそっと撫でた。

「急に、どうしたんだろう」

「……たぶん、呪いのせいだと思う。時々神経が過敏になったり、感覚が妙に研ぎ澄まされることがあるんだ」

そう言って、ヴェインは耳を手で押さえた。

「今は、聴覚が過敏になってたってこと？」

「そのようだ。……近頃はあまり起きてなかったから、油断した」

ヴェインは浮かない顔でもう一度ノアに縋りつく。

「こういうこと、前にもあったの？」

「呪いを受けたばかりの頃は今よりずっと酷くて、街中の人の声が聞こえて気が狂いそうになったときもあった。そのせいでロイにも心配をかけてしまったが、最近は上手く押さえ込めていたのに……」

「もしかして疲れているんじゃないかな？　盗賊の捕縛って結構大変なんでしょう？」

「そうでもない……と自分では思っていたが、確かに大きな現場は久々だったから疲労がたまっていたのかもな」

苦笑を浮かべつつ、ヴェインはノアを見上げる。

身体は元の状態に戻ったらしいが、それでもまだノアは心配だった。

「今日はゆっくりしたほうがいいよ」

「いや、平気だ」

「でも昨日も遅くに来て、朝から色々してくれたでしょ？」

朝食の準備から給仕までさせてしまっていたことに、ノアは今更申し訳なさを感じ、ヴェインを一人掛けのソファーまで引っ張っていく。

仕事で疲れたとき、ノアはよくぼんやりする。そういうとき用に買ったソファーは、絵の具で汚れていてお世辞にも綺麗とは言い難い。しかし座り心地はよく、ここならばきっと安らげるとノアは思ったのだ。

「今日は、ここから動いちゃ駄目。いつもは色々してもらっているから、今日は私がヴェインをお世話する」

ノアは胸を張って言うが、ヴェインは何やら不安そうにする。

「気持ちは嬉しいが、君は誰かの世話を焼いたことはあるのか？」

「ない」

断言すると、ヴェインが慌ててソファーから立ち上がる。

「俺はもう元気だし、無理はしなくていい」

「無理じゃない。今日は私がお世話する、ちゃんとできる」

任せてと胸を張り、ノアはもう一度ヴェインを椅子に座らせた。

「朝食は作ってもらったから、お昼と夕食は任せて。あと他に何かしてほしいことある？」

「いや、大丈夫だ。でもノア、本当に……」

「恋人は、相手のお世話をするものなんでしょう？　私も、ヴェインみたいにもっと恋人っぽくしたいし頑張る」

絶対に問題ないと豪語すれば、ヴェインはなぜか青い顔で視線をさまよわせる。

（うん、やっぱり疲れているんだな）

ならば今日は精一杯お世話せねばと、ノアは気合いを入れたのだった。

◇◇◇

可愛い恋人が、自分の世話を甲斐甲斐しく焼いてくれる。

そんな夢想をしない男など、この世には存在しないだろう。

凶悪な人相と呪いからそうしたものとは無縁であったヴェインも例外ではなく、いつか自分にもそんな奇跡が起きればと思っていた。そのたびに「醜い自分には起こりえない」とがっかりしたものだが、どうやら夢は現実になりつつあるらしい。

（しかしこれは、想像したのとかなり違うな……）

キッチンから聞こえてくる騒音にヒヤヒヤしながら、ヴェインはノアのお気に入りのソファーに座っていた。

朝の不調以来、ノアは確かに甲斐甲斐しく世話を焼いてくれている。だが問題なのは、ノアが誰かの世話を焼くのが壊滅的に下手なことだった。

そもそも、ノアは世話を焼かれる側の人間だ。

ただどうやら、本人は自覚していないらしい。

というか、そもそもノアは絵を描くこと以外の能力が皆無なのだ。故に意気込めば意気込むほど、ノアは空回りしていた。

飲み物を入れればヴェインの膝の上にこぼし、慌てて拭こうとすれば絵の具まみれの布でヴェインの肌を鮮やかに染め、絵の具を落とすために彼を水風呂に突っ込む始末である。

ちなみにノアのアトリエにはお湯が引かれており、二つある蛇口のうち正しいほうをひねれば容易く湯をはることができる。

にもかかわらず、彼女は水をためた。二分の一を間違えた。

湯気が出ていないことに気づいてヴェインも怪訝に思ってはいたが、『せっかくなら一緒に入る？』という誘いに負けてつい、服を脱ぎ捨て飛び込んだのが運の尽きだ。

その後、情けない悲鳴を上げる羽目になったのは言うまでもない。

失敗続きにさすがのノアも落ち込んだのか一緒に入る雰囲気ではなくなり、ヴェインは冷えた身体に毛布を巻き付けながらソファーに座っている。

そんな彼に「今度こそ任せて！」とノアは豪語してキッチンに向かったが、正直響いてくる音は調理をしている音とは思えない。

時折、ダンッ！　ダンッ！　と響く音はたぶん包丁の音だが、凶悪なほど音が大きいので何を切っているのかさっぱりわからない。

そして調理器具をよく落とすのか、派手な倒壊音も重なっている。

不協和音を耳にしていると気が気ではないが、恋人の努力を信じて待つのも男の甲斐性かと思い、必死に耐えていた。

（しかし恋人らしいことをしたいと、本気で思ってくれているんだな）

不安もあるが、ノアの変化はヴェインにとって嬉しいものだった。

好きになってほしいとは思っていたが、ノアの性格的にそれはずっと先のことだと思っていた。自分も好かれやすい人間ではないし、彼女はいつも受け身で、絵のこと以外に気持ちが向かない。

それでも諦めるという選択はなく、必要なら何年もかけて口説き落とそうとヴェインは考えていたのだ。

（こんなにもトントン拍子だと、むしろ不安になるくらいだな）

ヴェインは今まで思ったように物事が運ばないことのほうが多かった。

特に呪いを受けてからは、仕事でも私生活でも多くの望みを諦めてきた。その筆頭が恋と結婚だったヴェインにとって、この状況はありがたくも少し怖い。

いつまでこんな幸運が続くのだろうと考えかけたところで、ヴェインは慌てて頭《かぶり》を振る。

（いや、今回はきっと大丈夫だ。ノアは呪い持ちの俺を受け入れてくれているし、きっと上手くいく）

今だってこんなにいい思いをしているじゃないかと考えたところで、妙な匂いを嗅ぎ取った。嫌な予感を覚えてキッチンのほうに目を戻した彼は、思わず息を呑む。

（……まずい、これは煙か!?）

キッチンのほうから漂ってくるのは焦げくささだ。その上僅かだが煙も漂ってきて、ヴェインは慌ててすっ飛んでいく。

待ち受けていたのは、なんとものんびりとした顔でフライパンを握っているノアだった。彼女はヴェインに気づき、にこやかに振り返る。

「ご飯、もうちょっとでできるから待ってて」

「いや、そんなことより火！　火が出てるぞ！」

邪竜や盗賊団を前にしても常に冷静だった男が、叫びながら恋人の手からフライパンを取り上げた。そこからは火柱が上がり、得体の知れない何かが黒焦げになっている。側にあった蓋を用いてすぐさま消火するも、見ればノアの前髪も少し焦げている。

本人は全く頓着していないが、ヴェインは真っ青になって恋人を抱きしめた。

「こんなことなら、やはり止めるんだった……！」

「え？　ちゃんとできたよ？」

「どこがだ！　髪まで焦がしてるだろ！」

「料理するといつも焦げるし、今日は焦げてないほうだよ」

大成功だと豪語するノアを見るに、火の手が上がることは日常茶飯事らしい。

（もう絶対、料理はさせない。絶対にだ!!）

心の中でそう決意し、子供を叱る母親のような顔でノアを見つめる。せっかく恋人らしい雰囲気になってきたのにとは思うが、ここは言って聞かせねばなるまい。

「ノア、髪を焦がすのは成功とは言えない。それに俺は、君を危ない目に遭わせてまでお世話をされるのは嫌だ」

「……これ、大成功じゃない？」

「成功じゃない。料理の味が最高だとしても、君が傷つくのは駄目だ」

たとえ髪でも駄目だと言うとノアは項垂れる。

「そういえば、兄さんにも似たようなこと言われたかも……」

「前にも、何か燃やしたのか？」

「お屋敷の台所」

想像以上の惨事に、ヴェインは膝から崩れ落ちそうになる。

「でもあれから何度か挑戦して、そのたびに火は小さくなっていたからいけるかなって思ってた」

「普通、家での調理であんなに高く火は上がらない。本当に危険だから、どうか料理は俺に任せてほしい」

「けど私もお世話したかったの。今のままじゃ、ちゃんとヴェインの恋人をやれている気がしないし」

ノアは不安そうに目を伏せた。

心が痛む表情に、ヴェインは彼女を慰めようと優しく口づける。

「君はちゃんと恋人だ。それに俺だって、こういう関係は初めてだからちゃんとできてるわけじゃない」

「ヴェインはちゃんと恋人っぽいよ。むしろ、どんどん先に行っちゃう感じがする」

「そんなことはない」

「ある。今日もなんか、ずっとドキドキさせられっぱなしだし」

「それをいうなら俺もだ」

嘘偽りのない言葉だったが、ノアは不満そうな顔でフライパンの上で黒焦げになっている何かを指さす。

「ドキドキしたのは、ご飯が燃えたせいでしょ？」

「それもあるが、頑張って世話を焼こうとしてくれている君が可愛くてドキドキしたのは本当だ」

そう言うと、朝とは逆にヴェインがノアの頭を抱え込む。

「今だって、君が可愛いから鼓動が速くなっているだろう？」

「別に、可愛いことしてないよ」

「している。上手くできないことにちょっと拗ねながら、俺に申し訳ないと思ってくれている君は猛烈に可愛い」

言葉を重ねれば、ノアの耳が僅かに赤くなる。

少し前までは何を言っても響かなかったのに、近頃のノアはヴェインの言葉にこうして可愛らしい反応を見せてくれるようになった。

それもこれも、ヴェインを特別視しているからだろう。本人は無自覚なようだが、ノアは自分を好いていると今は確信できる。

そんな彼女を元気づけたくて、何か自信を取り戻す方法はないかと悩む。

視線をさまよわせ、ヴェインはあるものに目を向けた。

「それでも不安だというなら、一つ甘えてもいいか？」

「私に、できることある？」

「ああ、君にしかできないことだ」

ヴェインはノアの唇を指でそっと撫でた。

途端に、僅かに頬を赤らめるノアに言葉にできない喜びを感じる。

少し前のノアならこうしたサインにも全く気づかなかっただろう。だがどうやら、今日はヴェインの仕草の意味を正確に把握したらしい。

「焦げた料理の代わりに、君を食べてもかまわないか？」

「か、代わりになる？」

頷くとヴェインはノアを抱き上げる。

「あっ、けど……、疲れてるときにあんなに激しいことしていいの？」

「大丈夫だよ。むしろ、君に触れられないほうが今は辛い」

「でも……」

どうやら、ノアは朝のことをまだ心配しているようだ。

時折あることだと笑うが、それでもなお浮かない表情をしている。

どうすれば説得できるだろうと頭を悩ませていると、不意に腕をぎゅっと握られた。

そのまま腕を引かれ、ヴェインをまた一人掛けのソファーに座らせる。やはり許可してもらえないのかと落胆しかけたとき、ノアがヴェインの膝の上にまたがった。

「ヴェインは座ったままでいて。かわりに、私がいっぱい触るから」

予想外の提案に、戸惑う間もなく身体が熱くなる。

（つまり、彼女が……してくれるということか……!?）

想像するだけで馬鹿みたいに反応する身体と気持ちを必死に鎮め、ヴェインはノアからのつたない口づけを受け止める。ただ押しつけるだけのキスだが、それでもヴェインの気持ちは跳ねる。けれどノアは、自分のキスが不満らしい。

「どうしよう、なんだかヴェインがしてくれたみたいにできない」

そんなことを言い出す顔も可愛くて、ニヤけそうになるのを必死にこらえる。

「押しつけるんじゃなくて、啄むようにするんだ」

手本を見せるように唇を奪うと、ノアはそれをまねておずおずと口づけてくる。

「……ッ、こう……？」

「次は、舌を差し出してくれ」

言われるがまま、舌を突き出すノアの顔はまだ幼さが勝っている。

だが舌先に唇を寄せ、自らの中に招き入れた途端、艶を帯びた吐息がこぼれ出す。

突き出された舌にそっと歯を立て優しく刺激すれば、びくんと小さな身体が跳ねた。

落ちないようにそっと抱き支えながら、クチュクチュと音を立てて舌を絡める。

だんだんとやり方がわかってきたのか、ノアも自ら舌を動かす。舌を絡ませ合いながら双方の口腔を行き来し、二人は唾液がこぼれるのもいとわず口づけを繰り返した。

「……ヴェ、イン……」

シャツの襟元をぎゅっと掴みながら、蕩ける声が彼の名前を呼ぶ。

淫らな銀糸を伸ばしながら舌を離すと、目に飛び込んできたのは淫らに蕩けた相貌だった。ノアの潤んだ瞳を見るとそれだけで身体が激しい熱を持ち、ヴェインはぐっと歯を食いしばる。

だが股間のものは大人しくしてくれない。膝の上にノアがいるというのに、容赦なく立ち上がるそれに焦りと情けなさを感じる。

(相変わらず、俺は彼女の視線に弱すぎる……)

それでも多少は自分を律する術をヴェインは学んでいた。おかげで射精だけはこらえられるが、身体が反応していることをノアに気取られたらしい。

「ヴェインの、大きくなってる?」

「あまり言わないでくれ」

そして見つめないでくれと情けなく懇願するが、ノアの太ももの間で膨れ上がる屹立《きつりつ》に少女は無邪気に指を這わせた。

ズボンの上からでも、視線を注がれ触れられるだけで彼の物は逞しさを増していく。痛みさえ伴う反応に小さく呻くと、ノアの手がさっと離れた。

「ごめん、痛かった?」

「いや、良すぎて辛いんだ。君の手と視線に昂ってしまうから」

「でも触ると気持ちいいの?」

「いいよ」

「わかった」

大真面目な顔で頷くノアを見て、いったい何を理解したのだろうと不安がよぎる。

次の瞬間、ノアが手を伸ばしたのはズボンのベルトだ。それを緩める手に、ヴェインは焦る。

「まさか、直に触ろうとか思っていないよな」

「よくわかったね」

「駄目だ、そんなことはしなくていい！」

「でも気持ちよくなってほしいの。それにね……」

恥ずかしそうに視線を逸らし、ノアがより強くベルトを握る。

「ここにキスすると男の人はすごく気持ちがいいって、キーラから渡された原稿に書いてあったの」

「……た、確かに事実だが、口での奉仕は辛いと聞くぞ？」

「辛くても、ヴェインが気持ちよくなれるならやってみたい」

あまりに無邪気に言われ、ヴェインは呻きながら天を仰ぐ。

「俺の物は大きいし、絶対に辛い」

「やってみないとわからないよ。だからヴェインに、もっと触らせて」

そこまで言われて拒めるほど、ヴェインは我慢強い男ではない。それにノアは一度言い出したら聞かないのもわかっている。

「辛かったら、すぐやめるんだぞ」

結局最後はノアに負け、ヴェインはズボンをくつろげる。

ソファーを降り、彼の膝の間に跪いたノアが、それをまじまじと見つめた。まっすぐな眼差しだけで昂ってしまい、再び呻き声が漏れる。

「ノア、何度も言うがあまり見つめられると困る」

わかりやすく滾る己を慌てて手で覆おうとするが、それより早くノアが顔を傾けた。髪を耳にかけながら口づけを落とされ、ヴェインは慌ててソファーの縁を掴む。力の加減ができず、バキッと嫌な音がしたがヴェインもノアもそれに気づく余裕はなかった。

「ああ……ッ、ノア……」

柔らかな唇が陰茎に触れると、それだけで理性が消えそうになる。

震える声に情けなさを覚えながら、ヴェインは恐る恐るノアを見下ろす。そそり立つ肉棒の側面に唇を寄せる姿は酷く官能的だった。

つたないながらも舌を使い、ノアは男根をしごき嘗めあげる。時折亀頭を口に含み、ちゅっと音を立てながら吸い上げられると、ヴェインの口からは獣じみた呻き声がこぼれてしまう。

「……ん……ッ、やっぱり、おおひい……」

その上ノアは、ヴェインの物を口に咥えたまま、こちらの理性を試すことを言う。はっきりとした言葉にはなっていないが、彼の物が大きすぎると言っているのはわかった。そしてその発言は、否応にもヴェインを興奮させる。

「頼むから、しゃべらないでくれ……」

まだ軽く嘗められた程度なのに、爆発してしまいそうな自分に焦る。

だがノアの行為は、終わらない。

小さな手で男根の根元をそっと包み、彼女はおずおずとしごきあげる。亀頭を口に咥えたまま手を動かされると、さらなる快楽が込み上げてくる。

ヴェインの物が昂るに合わせて、ノアの舌使いも少しずつ巧みになっていく。

舌と唾液を絡ませながら屹立の半分ほどを飲み込み、吸い上げる仕草にヴェインはぐっと喉を鳴らした。

「ああ、だめだッ、……まずい……」

このままでは達してしまうと気づき、ヴェインは慌ててノアの奉仕をやめさせようとする。だが彼女の頭に手を置くと、より深く小さな口がヴェインの物を咥え込んだ。

「……っぐ、……ノア……ッ」

ヴェインの拒絶に気づかず、それどころか逆の意味に取ったらしい。

屹立をしごく舌と手の動きは激しさを増し、ノアは小さく喉を鳴らしながら男根を飲み込んだ。

さすがに苦しいのか時折手が止まるものの、すぐにまたより激しい愛撫を施される。

「もう、いい……。これ以上は、駄目だ……ッ」

慌てて拒絶の言葉を口にするが、ヴェインの中にはいまだかつてない暴力的な欲望が渦巻き始める。

ノアの小さな口に、己を激しく突き入れたい。

彼女の喉の奥に、熱い精を思う存分注ぎ込みたい。

ノアに苦痛をもたらす行為だとわかっているのに、激情はどんどん大きくなっていく。

（くそ、そんなことは……絶対に許されないのに……）

それに耐えていると、不意に先ほど聴覚が過敏になったときとよく似た感覚がヴェインを支配する。

全身の感覚が研ぎ澄まされ、感じる快楽も先ほどの比ではない。

愉悦はあまりに激しく、同時に彼の中の理性を少しずつ変貌させる。

（でもこの〝雌〟は、俺のモノだ……。俺だけの獲物だ……）

いっそ苦しませ傷つけたい、美しい顔が苦痛に歪むところを見たいとさえ考えたところで、ヴェインははっと我に返る。

（……ああくそ、俺は今……何を考えた……）

獣じみた欲望に戦きながら、理性を振り絞ってノアの口から己を遠ざけた。

唾液で濡れた屹立は滾り、射精する一歩手前まで膨れ上がっている。それを手で押さえ、
ヴェインはぐっと歯を食いしばる。

「ヴェイン……？」

「十分、だ……。これ以上は、君を傷つける……」

激しい情動を押さえ込みながら、ヴェインは大きく息を吐く。

その顔を見て、ノアは彼の異変に気づいたらしい。

「ヴェインの目……また赤くなってる」

「また少し、身体がおかしいんだ……」

「苦しい？」

「大丈夫だ。でも今は、君に触れないほうがよさそうだ……」

近づかないでくれといつになく強く拒絶すると、ノアはおずおずと身を引いた。彼女が遠ざかると、ようやく身体が元の落ち着きを取り戻す。

感覚も元に戻り、あの暴力的な情欲も波が引くように消えた。

とはいえ身体の熱が冷めたわけではなく、今なおジリジリと快楽の火で炙られているような気持ちになる。

中途半端に昂った身体を持て余していると、そっとノアが距離を詰めてきた。

「だめだ、今は……」

「でも、すごく苦しそうだから鎮めてあげたいの」

だめ？　と尋ねてくるノアに、ヴェインは言葉を詰まらせる。

身体は元に戻ったが、いつまた先ほどのような状態になるかわからない。そして情動に任せ、彼女を痛めつけてしまいそうな自分が恐ろしかった。

「……ヴェイン、私を見て」

ノアがそっとヴェインの頬に手を添える。

まるで彼の恐怖を見透かしたように、彼女は優しく笑った。

「ヴェインは私のことを傷つけたりしない。だから、大丈夫」

優しく言われると、胸に巣食っていた恐怖がほどけて消えていく。

ヴェインがおずおずとノアの頬に手を添えると、愛らしい笑みが深まった。

「大丈夫だから、そんな顔しないで」

ノアは、優しくヴェインの唇を奪う。先ほど教えた啄むようなキスは、ほどなくして激しく淫らなものへと変わった。

まだ戸惑いの残るヴェインを逆にリードしながら、ノアは何度も何度も口づけてくる。

口づけが重なるたび再び身体が熱くなるが、先ほどのような暴力的な衝動はなく、彼女を愛し慈しみたいという感情がヴェインを支配していた。

「……ヴェイン、私……」

　長いキスのあと、ノアが蕩けた目でヴェインを見る。情欲に染まった顔を見て、彼女もまた快楽の火に炙られているのだと気がついた。

「今すぐ、君に入れたい……」

　ヴェインの望みに、ノアは小さく頷く。そしておずおずとドレスの裾をたくし上げる。その下から現れた下着に手をかけ、彼はそれを引きずり下ろした。だが力の加減ができず、下ろすどころか破り取ってしまう。

「す、すまない……」

「それより、入れていい……？」

　尋ねる間もなく、ノアが屹立めがけて腰を下ろす。

　彼女の入り口は驚くほど濡れていて、ヴェインは固唾を呑んだ。

「もしかして、俺の物を咥えながら感じていたのか？」

　小さく頷きながら、ノアは濡れた襞をヴェインの物にこすりつけ続ける。口での奉仕は苦しいのではと不安だった彼にとって、この反応は喜ばしいものだ。

「口でするのもいいけど、私はこっちがいいみたい……」

「なら、下の口も俺の物で塞いでしまおうか」

　指でならそうかと考えたが、更にぐっと腰を落としたノアの入り口は容易く先端を受け入れる。かなり狭いが、ゆっくりとなら受け入れることができそうだった。

「痛まないか？」

「大……丈夫……。むしろ、もっと……」

「奥に欲しいのか？」

こくこくと頷くノアの頭を撫でたあと、ヴェインは彼女の腰に腕を回す。

そのままぐっと下に押し下げれば、ノアの隘路は昂る屹立をどんどん飲み込んでいく。

「あ、ヴェイン……ヴェイン……」

震えながら喘ぐノアの顔を見れば、どうやら苦痛はないらしい。

『準備』と称して指で散々ほぐしていたのがよかったのだろう。挿入はまだ二度目だが、彼女は中で感じる方法をすでに心得ている。

ヴェインが指示をせずとも自然と腰を上下させ、ノアは嬌声を上げ続ける。

「ああ、ノア……。君は本当に淫らだな」

「淫らなのは……だめ……ッ？」

「いいや。俺の物で感じてくれるのは、嬉しいよ」

快楽に弱くなければ、逞しいヴェインの物をこうも容易く受け入れられなかったに違いない。

普段は無邪気な彼女が、自分の前でだけ淫らな顔を見せてくれるところもたまらない。

「もっと気持ちよくなりたいか?」

「もっと……なり、たい……」

「ならば、俺に縋りつけ」

もっと激しくしてやると耳元で囁けば、ヴェインを咥え込んだ隘路がぎゅっと締まる。

戦慄く肉壁を擦りあげるように、彼は激しく腰を上下させる。

腰に乗る形で屹立を受け入れたノアは、ずんっと奥を突かれるたび甘い悲鳴を上げた。

「……ッ、深い……! 奥……ッ、あたって……」

「まだまだ序の口だ」

ノアの腰を摑んでぐっと押し下げ、子宮の入り口をヴェインは激しく叩いた。淫らなノックにノアは震え、ビクンッと身体を跳ねさせる。

どうやら軽く達したらしいとわかり、ヴェインは思わず笑みをこぼす。

「ンッ、……奥、すごい……」

激しい愉悦でノアは理性を失っているのか、こぼれる声も表情も甘く蕩けきっている。

もちろん眼差しも例外ではなく、甘く虚ろな瞳はヴェインだけを映していた。

「ああ、その目が見たかった……。俺も、もうこらえきれそうにない……」

ただでさえ、口での奉仕で一度達しかけている。その上こんな目で見つめられたら、我慢などできるわけがない。

先ほどより強く腰を掴み、ヴェインはノアの隘路を激しく穿つ。

腰が打ち合わさる音が重なるたび、ノアの嬌声は大きくなりその目からは涙がこぼれた。

濡れていく瞳にヴェインは昂り、愛する少女の一番奥に熱い精を解き放つ。

「あぁッ、ヴェイン……ッ!!」

ノアもまた同時に果てたのか、ビクビクと身体を震わせた。

そのまま何度か痙攣《けいれん》を繰り返したあと、ノアはぐったりとヴェインにしなだれかかる。

荒れた吐息が首筋に当たると、それだけでヴェインの中に官能の火がともった。

ノアの中で力を取り戻す屹立に彼女も気づき、ゆっくりと顔を上げた。

(もっと、もっと彼女が欲しい……)

しかしそれを望んでもいいものかと迷っていると、柔らかな微笑みを向けられる。

「まだ、大丈夫……だよ」

「いいのか……?」

頷くと、ノアがヴェインの胸に頬をすり寄せる。

甘えるような仕草とヴェインの物を優しく締めつける隘路の動きで、まだ終わらせる必要はないのだと気がついた。

(ノアも、それを望んでくれている……)

それが嬉しくて、ヴェインはもう一度ノアに深く口づける。

だが二度目の行為に及ぼうとしたとき、突然ギシッと背後で嫌な音がした。

同時にソファーの背もたれが妙な角度で沈む。

「ん？」

「あれ？」

思わず二人で首をかしげた瞬間、ドンッと音がして二人の座っていたソファーが背後にひっくり返る。慌ててノアを抱き寄せ受け身を取るが、ヴェインは床に頭を強く打ちつけることになった。

「……ヴェイン、大丈夫!?」

「俺は平気だが……」

二人してソファーに視線を向ければ、クッションは外れ足や支えが派手に折れてしまっている。たぶん原因はノアからの口淫をこらえようと強くソファーを摑んだせいだろう。快楽を逃がすことに必死で、あのときヴェインは全く力を加減していなかった。

「……すまない、たぶん俺のせいだな」

自分の馬鹿力に恐ろしくなるが、ノアはこの状況を笑顔で受け止めている。

「いいよ。元々、古いソファーだったし」

「弁償する」

「じゃあ次は、二人で広々と座れるやつにしよう」

楽しげなノアを見ていると、ヴェインはほっとする。

とはいえ不安がないわけではない。ソファーの壊れ方といい、先ほどの暴力的な欲望といい、どうやらヴェインは前より竜の要素を強めている。それに恐ろしさを感じていると不意に左右の頬を小さな手のひらで挟まれた。

「それで、続きは？」

こんな有様でも続けたいと思ってくれているのが嬉しくて、不安も消えていく。

(きっと、ノアの側なら俺は大丈夫だ……。さっきだって実際に彼女を傷つけたわけじゃない)

彼女の目をえぐりたいと思うように、ほんの少し考え方が歪んだだけだと自分に言い聞かせながら、ヴェインは慌ててノアを抱き上げる。

「ベッドに行こう」

「それも壊したら、大きいの買おうね」

「さすがに次は大丈夫だ」

ノアがこれ以上可愛い振る舞いをしなければ、と前置きをしたが、彼女が無自覚な愛らしさを止《とど》めておけるわけがない。

寝室で始まった二度目の行為は激しさを極め、結局買い換える家具が増えることになったのだった。

◇◇◇

「ノアー、いないの？　ノアー！」

聞き覚えのある声が響き、すぐ側の扉が乱暴に叩かれている。

その音で目を覚ましたヴェインは、辺りが妙に明るいことに気がついた。

（そうだ……ベッドを壊したから、アトリエで寝たんだった……）

簡易な物だが、ノアはアトリエにもベッドを置いている。ヴェインには小さいが、昨晩は家に帰らせてもらえなかったため二人でここに寝たのだ。

ノアが精魂尽きていたので簡易ベッドではしなかったものの、二人は裸のままだった。

そのまま応対をするのはまずいと思い、ヴェインは急いで衣服を取りに駆け出す。

「……うぉっ！」

しかしそのとき、ヴェインの身体が予想以上の速さで動く。軽く駆け出しただけなのに全速力で走ったとき以上で身体が進み、ヴェインは居住スペースとアトリエを繋ぐ扉に見事ぶつかった。

ぶつかったあげく扉を破壊し、その勢いでダイニングテーブルの足を折るという有様だ。

（あくそ、まだ身体が完全に戻ってないのか……）

希にだが、ヴェインは感覚だけでなく身体能力が向上することがある。瞬間的なものだが、そういうときは下手に動くと今のように激突と破壊を繰り返すのが常だった。

とりあえず床に落ちていた服を摑み、破らないように気をつけながら下着とズボンだけは穿く。

（それにしても急にどうしたんだ……。ここ最近はずっと落ち着いていたというのに）

やはり疲れているのだろうかと思いつつ、ノアを抱いているときにこの状態にならなくてよかったと安堵する。

（動くときは気をつけよう。もし怪我でもさせたら、俺は自分を許せない）

そんなことを考えながら、今度は普通の速度でアトリエへと戻る。

そして急いで扉を開けると、待っていたのは驚き顔のキーラだ。

「もしかして、お邪魔でした？」

「いや、寝ていただけだ」

「それにしてはすごい音がしましたけど……」

そんな会話を繰り広げていると、背後から人が近づいてくる気配がする。

ノアだと察すると同時に、ヴェインは咄嗟に持っていたシャツを広げた。

振り返れば、案の定ノアは全裸のままだ。キーラに見られないようにと彼女にシャツをかぶせれば、寝ぼけ眼の恋人はようやく状況を理解したらしい。

「ごめん、キーラが絵を取りに来るのすっかり忘れてた」

服を取りに行くかと思いきや、ノアはそのままキーラに顔を見せてしまう。ヴェインのシャツは大きすぎるため太ももまでは隠れているが、それでもなかなかに危うい姿である。

「やっぱりお邪魔だったみたいね」

キーラはノアを見るなりニヤニヤしている。

「大丈夫、ちょうど起きたところだから」

「もしかしなくても、二人で寝てたのね！」

「うん、寝てた」

「裸で？」

「うん、服はどっかいっちゃった」

恥じらいのないノアは、「どこだろうね？」とためらいもなくヴェインを仰ぎ見てくる。

それに今答えるべきかどうか悩んでいると、キーラが黄色い悲鳴を上げた。

「ノアが男の人と夜を過ごす日が来るなんて!!」

おめでとうと言いながらノアを抱きしめるキーラを、ヴェインはなんとも言えないむずがゆい気持ちで見守った。

「それで、昨日はどんな夜だった？　ヴェイン様ってどうなの？」

「えっと、昨日は――」

「そっ、そういうことは本人の前で聞かないでくれ！　それに君は絵を取りに来たんじゃないのか？」

素直なノアが正直に答えてしまうのを察し、ヴェインは慌てて話題を戻す。

「わかった、じゃあ話は後日お茶を飲みながらにしましょう」

キーラは聞きたそうにしていたが、ひとまず引き下がってくれたらしい。

少女二人はアトリエの中に移動し、キーラは作業台の上に置かれた挿絵の原画を手に取る。すると途端に、キーラの顔が心配になるほど崩壊する。

「いい……素晴らしい……！　眼福すぎて……つらい……！」

絵を恭しく掲げたまま、作業台に突っ伏しているキーラはまるで神に祈りを捧げるような格好だ。

「キーラって、毎回こうやって大げさに感動するの」

ノアは不思議そうな顔をするが、気持ちはわかる。

「ノアの絵に、感動しない奴なんていないだろう」

「でもたぶんこのまま五分は動かないよ？」

「俺だって、君のことを思うたび動けなくなるときが多々ある」

「……みんな、普通はそうなの？」

「みんなではないが、そうした方法で感激する人もいるんだ」

なるほど、とノアは頷くと、今のうちにと仕事の絵をまとめ始める。

そういえば完成品はまだ見ていなかったと、ヴェインは彼女の隣に立った。

「上手く描けないと嘆いていたが、もうすべて完成したのか？」

「うん、女の子の描き方に苦労したけど、結局自分の裸を元にしたんだ」

作中の描写に合わせて身体のラインや胸の大きさにはかなり手を入れたが、骨格は自分だとノアは告げる。確かに、見せてもらった絵の裸体はノアの面影がある。ともあれ完璧に同じというわけではないようだ。

「君のままなら少し複雑だと思ったが、たしかにこれは絶妙に違うな」

「キーラにもおっぱい大盛りって言われていたし、肉付きをだいぶよくしたの」

自分を元にしつつも手を加え、この世に実在しない裸体をノアは描いたのだ。

この世に存在しない身体ならヴェインをモデルにした騎士の横に置いても違和感はなく、描くときに嫌な気分にもならないと彼女は微笑む。

「自分でいいって思えたら作業もはかどって、追加の仕事も一日で終わっちゃった」

ノアからそんな説明を聞いていると、ようやくキーラが正気を取り戻す。

そしてものすごい勢いで、彼女はノアに抱きついた。嫉妬したヴェインの手によって慌てて引き剥がされたが、輝く顔は全く曇らない。

「完璧よ！　完璧以上よ！」

感極まった声で「素晴らしい」と、キーラは二十回ほど繰り返す。

「これで次の本も売れること間違いなし！　むしろもっと流行るわ！」

そのために印刷機をもっと増やさなきゃと、キーラは並々ならぬ気合いを見せている。

ノアの絵が評判になるのは、ヴェインも嬉しかった。

だが次の挿絵もお願いしたいとはしゃぐキーラを見ていると、懸念も抱く。

「挿絵の仕事もいいが、ノアは本来油絵が好きなんだろう？　そちらの仕事もやりたくはならないのか？」

尋ねると、ノアは僅かに視線を落とす。

「描きたいけど、最近はあまり兄さんが仕事を取ってきてくれないの」

少し前までは持ってきてくれた仕事があったが、一度断ったせいか最近はパタリと途絶えたとノア落ち込んでいる。たぶんファルコがノアに仕事を回せないのは本業がばたついているからだろう。

邪竜の卵の一件は、ロイが組織した隊が捜索に当たると決まった。具体的に誰が行うかは明記されていなかったが、たぶんファルコもメンバーだとヴェインは睨んでいた。

「まあ、やる気があるときとないときの差が激しいのは知ってるから、いいんだけど……」

ノアは僅かに表情を暗くする。

「時々急に連絡が取れなくなったりするし、その理由もはぐらかされるのが心配なんだ」

不安そうな顔が見ていられず、ヴェインは慰めるようにノアの頭を撫でる。

落ち込むノアを励ましたい気持ちはキーラも同じだったようで、「安心して」と彼女は胸を張る。

「もちろん、挿絵ばっかり頼むつもりはないわよ。実はちょうど、ノアに仕事を頼みたいって人がいるの」

キーラがノアに小さな紙を手渡す。手紙のように見えたが、それにしては豪奢な作りである。

「ベルナルド伯爵って知っている？　その人から、招待状を預かったの」

キーラの言葉に、ノアではなくヴェインが先に目を見開く。

「……おいまさか、ベルナルド伯爵ってあのコレクターの？」

「ヴェインも知ってる人なの？」

「有名な文化人だから、国民は皆知っている。伯爵は芸術への造詣《ぞうけい》が深く、集めた品を飾る美術館を自前で建てるほどなんだ。イステニアでは、彼に気に入られた芸術家は必ず成功すると言われている」

当人はかなりの変わり者らしいが、審美眼には優れている。また彼の美術館は庶民にも公開されており、新人画家の育成などにも力を入れていた。

「ベルナルドは元々ノアのファンだったらしいのよ。だから挿絵の仕事をしているのを見て私のところに連絡が来たの」

顔を繋いでほしいと懇願され、この招待状を押しつけられたのだとキーラは告げた。

「ベルナルドとは昔から仲がよかったから、なんで教えてくれなかったんだってめっちゃくちゃ怒られたわ」

そしてぜひ挨拶をしたいから、彼の美術館に遊びに来てほしいと言われたそうだ。

「ちょうど今夜、気鋭の芸術家たちの新作をお披露目するの。それを記念して、美術館で仮面舞踏会を開くそうよ」

「美術館で舞踏会なんてできるの？」

「ベルナルドの美術館は旧市街にある、かつての王城を利用したものなのよ。中庭がとにかく広くて、よく催し物をしているわ」

季節などに合わせて展示品を入れ替えるたび、舞踏会やお茶会を開いているのだとキーラは言った。

「普通の展示会には行ったことあるけど、催し物は初めてかも」

「ノアが来てくれるならベルナルド自ら、館内を案内させてほしいそうよ。それに彼は絵描きたちのギルドを組織しているし、気に入られれば色々な仕事が舞い込むわ」

キーラは熱く語るが、ノアの顔が僅かに強ばった。

「キーラ、前も言ったけど私は……」

「あなたがギルドへの加入をためらっているのは知ってるし、だから今までベルナルドにも秘密にしていてあげたのよ。でも、ばれたからには彼は諦めないわ。なんたって芸術馬鹿だからね」

早口でまくし立てると、キーラは「とにかく今夜ぜひ来て！」と言って、招待状をもう一通ヴェインに押しつけた。

そしてこのあと予定があるからと、嵐のように帰り支度を調える。

出て行く寸前、キーラはヴェインをちらりと見た。意味深な視線を向けられ戸惑うが、「あとは頑張って！」と言うなり、彼女は賑やかに出て行ってしまう。

「相変わらず、賑やかな人だな……」

ヴェインが苦笑すると、ノアが頷く。

でもノアの視線は招待状に注がれたままで、気もそぞろなようだ。

横顔からは僅かな迷いさえ見て取れて、ヴェインはそっと小さな頭に手を置く。

「不安なことがあるなら、聞くぞ？」

顔を上げたノアは驚いた顔でヴェインを見つめていた。すぐに返事はなかったが、辛抱強く待っていると「あのね……」と小さな声がこぼれる。

「仕事は欲しい。でも、ベルナルド伯爵に気に入られる自信がない」

「会ったことはないが、少々変わり者であることを除けば彼は人格者だと聞くぞ」

「でも私、ヨルクでは優しかった人にも嫌われちゃったから」

再びうつむくノアを見て、ヴェインはノアの頭を慰めるように撫でる。

なんとなく察していたが、ヨルク国での一件は根深い。

画家仲間たちに嫌われ、心ない言葉に傷ついた記憶は今もノアを苦しめている。

だがここで逃げたら、ノアが自分の名前で絵を描く機会を逃してしまうのは確かだ。

ノアの才能は、正しく評価されるべきだとヴェインは思う。今はファルコが間に入っているが、それでは彼女の名前は後世《こうせい》に残らない。

(そんなのは駄目だ。ノアの絵は、この先もずっと残るべきものなのに)

ノアと出会ってから、ヴェインはファルコに頼み彼女の過去作をいくつか密かに買い取った。そのすべてが息を呑むほど美しいが、風景画は特出して素晴らしく、妬《ねた》まれてしまうのもわかる出来だった。素人目に見てもそう思うほどのものを、このまま埋もれさせてしまうのは惜しい。

だからヴェインは、そっとノアを上向かせる。

「なら、確かめに行こうか」

「確かめに？」

「ベルナルド伯爵や、彼のギルドに所属する人たちがノアに意地悪をする奴らかどうか、一緒に見に行こう」

　そう言って笑うと、ノアの大きな目が見開かれる。

「中にはキーラのように君に理解を示す人もいるかもしれないだろう」

「いる……かな？」

「ベルナルドもそうだが、イステニアの芸術家たちも変わり者が多いと評判だからな。それに足を引っ張り合うのではなく、お互いに高め合って仕事をしているという」

　いつかノアの役に立てればとヴェインも色々と調べたが、イステニアの画家たちの中には彼女のようにヨルクから流れてきた者が多いのだ。

　ヨルクは古くから芸術に造詣が深く、国を挙《あ》げて芸術家の育成に力を入れている。

　故に王都は芸術家の都と呼ばれ、多くのギルドが存在し、美術館や音楽堂が軒《のき》を連ねているのだ。だが純粋に芸術を追い求めていた時代は過ぎ、昨今は芸術がもたらす金ばかりが重要視されるようになっているという噂だ。

　芸術的作品よりも『売れる』作品が注目され、流行をあえて作り、それにそぐわぬ作風の画家はギルドを追い出されることもあるという。

　そうした風潮を嫌い、より自由な活動ができるイステニアへと移住してくる者は少なくない。彼らは皆ノアほどではないが、迫害される痛みを知っている。だから事情を話せば、彼女だって受け入れてもらえるのではとヴェインは考えていた。

そして今回のことがなければ、ヴェインがノアにギルドへの参加を提案しようと思っていたのだ。

（もしかしたら、その考えをキーラには見透かされていたのかもな）

招待状を押しつけられたのも、「頑張って」という発言も、背中を押す役目を自分に任せたという意味だったのではと気づく。

（ファルコもそうだが、どうやら自分はノアに対して色々と期待されているらしい）

それに応え、ノアが少しでも心穏やかに仕事ができるようにしたいと考えていると、小さな手がぎゅっとヴェインの手を摑んだ。

「舞踏会、ヴェインも一緒に来てくれる？」

「君が望むなら、どこにだってついて行く」

社交の場は得意ではないが、ノアのためならばとヴェインは微笑む。

するとノアもようやく決心がついたらしい。笑顔が戻った彼女にほっとしながら、ヴェインは改めて気合いを入れた。

「では、すぐに仮面とドレスを用意しないとな」

「そっか、ドレスがいるんだ。……でも汚れてないのあったかな」

「おいおい、君を飾れる機会を俺が逃すと思うか？」

ヴェインはにやりと笑うが、ノアはただただきょとんとするばかりだった。

◇◇◇

ヨルクにいた頃、ノアは仕事で華やかな舞踏会の絵をよく描いた。

舞い踊る人々の表情や動きを美しく切り抜き、まるで生きているかのように描くノアの絵を気に入ったヨルク国王妃の言いつけで、宮殿で宴があるたびノアは父と共に呼び出されたものだった。

画家とはいえ正装するようにと言われていたが、当時はまだ幼かったノアは着飾るという概念があまりなかった。普段よりずっと高価なドレスを纏わされたが、それにうっとりした記憶はない。ドレスさえ着ればあの華やかな場所を見て絵を描けると知っていたのでわくわくはしたが、着飾ることに胸を高鳴らせたことはなかった。

(でも、これは好きかも)

ノアは揺れる馬車の中で燃えるように赤いドレスの裾を撫でていた。

「それ、気に入ってくれたのか?」

ノアの様子に、隣に座るヴェインが笑みを向けてくる。

「この色、『レヴィアントレッド』だよね?」

「よく、わかったな」

レヴィアントレッドとは、ヨルクの高名な画家『レヴィアント』が用いた特殊な赤色のことである。彼の作品に多用される色で、その鮮やかな色合いは服飾にもよく用いられる。だが再現が難しく、このドレスのように完璧なレヴィアントレッドを再現できたものはかなり稀少だ。

「ノアがレヴィアントの絵を好きだと君の兄さんに聞いていたんだ。だからこの色のドレスなら、おめかしが嫌いな君も着てくれるかなと」

「おめかしするの、好きじゃないけど嫌いでもないよ。ただこういう服は、着るのが面倒だっただけ」

「なら、今後もドレスを贈らせてくれ！」

前のめりでねだられ、ノアは頷く。

正直、こうした豪奢なドレスは得意ではなかった。着るのも大変だし、身動きも取りにくい。しかしヴェインの喜ぶ顔が見られるなら、着てもいいなとノアは思う。それにドレス自体も、今まで着たどのドレスより身体に合っていて着心地も悪くない。

むしろ合いすぎではないかと考えたところで、ふとノアは気づく。

「ねえこれ、もしかして結構前から用意してた？」

舞踏会に行くと決まったあと、ヴェインはあっという間にドレスと仮面を持ってやってきた。

店で買ったとヴェインは言っていたが、既製品がここまで身体に合うとは思えない。

ノアの読みは当たっていたらしく、ヴェインが気まずげに視線を逸らす。

「実を言うと結構前から用意していた。……いずれ、君に着てほしくて」

「でも採寸とか、してないよね？」

「それは目視で、頑張った」

目視だけで正確にわかるものなのだろうかと思ったが、ヴェインだったらできてしまうような気もする。

ヴェインはノアのことには目敏いし、よく彼女をじぃっと見つめている。ノアの胸の大きさや、腰回りの太さくらい承知していそうだ。

そうしたことを知られたくない女性もいるだろうが、ノアは頓着しないため「すごいね」と笑う。その反応にほっとしたのか、ヴェインはさりげなくノアの腰を抱き寄せた。

「でも少し、張り切りすぎたかもしれないな。今日の君はあまりに美しくて、誰にも見せたくない」

「それはお化粧のせいじゃない？」

出かける前、わざわざキーラが使用人を連れてきて、ノアの髪を結い上げ化粧まで施してくれたのだ。

「確かに君は化粧が映えるな。それに、うなじもとても綺麗だ」

言うなり指で首筋を撫でられ、ノアはびくっと身体を震わせる。

「くすぐったいから、だめ」

「そんな顔と声で言われると、悪戯したくなる」

「もうすぐ馬車が着いちゃうでしょ。それにせっかくのおめかしも乱れちゃう」

「乱したい……と言いたいところだが、君の未来がかかっているし今は我慢するよ」

今は、と繰り返す声にノアはドキッとしてしまう。

(帰ったら、また色々されちゃう気がする)

肌を撫でるヴェインの手を想像して、ノアは浮かんだ考えを慌てて頭の外に追いやった。

気を逸らそうと、ノアは周りをきょろきょろと見回す。

(それにしても、立派な馬車だなぁ)

ヴェインの実家のものだという馬車は、二人で乗るには広すぎる大きなものだった。

外観はもちろん内装も豪華で、馬車の作りも最新式のようだ。道の悪い場所を走っていてもお尻が痛くなることもなく、身体を支える座席もふかふかで揺れさえも心地がいい。

「ヴェインは、いつもこんな馬車に乗ってるの？」

「馬に乗るほうが好きだが、社交の場に出るときはこちらを使うことのほうが多いな」

ゆったりと足を組んで座るヴェインは、確かに乗り慣れている気配がする。

特に今、騎士の礼装を纏う彼は豪華な馬車がとてもよく似合っていた。

（この服、久々に見たけど格好いいな……）

最初にアトリエに押しかけられたときにも見たが、騎士の黒い礼装とユサールの服装はヴェインの長い手足と体格のよさを強調し、彼の持つ品格をより高めているようにも見えた。ノアがじっと見ていることに気づいたヴェインがからかうように彼女の頬をつつく。

「もしや、俺に見惚れているのか？」

「うん」

素直に言うと、自分から聞いたくせにヴェインが真っ赤になってたじろぐ。

「その返事は、予想外だった」

「なぜ？　ヴェインは格好いいから、見惚れるに決まってるのに」

「そ、そういう台詞とは、あまり縁がなかったんだ」

恥ずかしさをこらえきれなくなったのか、ヴェインは舞踏会用に持ってきた仮面をつけ赤くなった顔を隠してしまう。普段使いの仮面と同じく痣と瞳を隠す片面のものだが、今日の仮面は銀の装飾が施された華やかなものだ。

口元は出ているものの、ヴェインの右側に座るリディアからは彼の凜々しい顔が仮面に隠れて見えないのが少し残念だ。だが仮面をつけたヴェインもそれはそれで格好よくて、ノアはじっと見つめる。

「あまり見つめられると、照れる」

「いつもは見てほしいって言うのに」

「見てほしいが、今日の君は可愛すぎて興奮しすぎてしまう」

「じゃああとで、家に帰ったらもっとじっと見てもいい？　スケッチもしていい？」

「スケッチだけですまなくなってもいいのなら」

言いながら、ヴェインがそっとノアの手を取る。

指先に口づけられ、上目遣いに見つめてくるヴェインの瞳には危うい色香が満ちている。

身体を重ねたときのことをまたもや思い出してドキッとしていると、馬車がゆっくりと停まった。

「さあ、その可愛い顔も仮面で隠してくれ。他の人に、見せたくない」

ヴェインがノアに仮面をつける。ノアの仮面は猫を模したもので、目元だけを覆うものだ。でも少し視界が悪く、馬車を降りようとする足元が少しおぼつかなくなる。

「ノア、俺の手を」

先に馬車を降りたヴェインが、そう言って手を差し出す。エスコートをされるのは初めてではないが、装いと相まって今日は一段と格好よく見える。

「ヴェイン、なんだか今日はあの小説の騎士様みたい」

小説の騎士は、礼儀正しく女性の扱いに長けた人物として描かれている。それに似ているなと思いながらヴェインの手を取ると、彼は苦笑を浮かべた。

「実は少し、意識している」

「意識？」

「俺もこうした社交の場はあまり慣れないし、得意ではないんだ」

この顔だからなと、仮面越しに呪いの痣をヴェインが撫でる。

「でも君の評価を下げたくないし、情けないヘマもしたくない。だからあの騎士のような振る舞いをしようと思っていたんだ」

ヴェインはもう一度ノアの指先に口づける。

「少しはまともに見えればいいが」

「少しどころじゃないよ。みんな、きっと格好いいって思う」

ヴェインはまさかと笑うが、ノアはそうなるに違いないと考えていた。

その予想が的中したと気づくのは、ほどなくのことだ。

招待状を見せ、舞踏会の会場となっている美術館に入ると、客たちが皆ヴェインに目を向けていることにノアは気づいた。漏れ聞こえてくる囁き声から察するに、皆ヴェインだとわかって眺めているようだ。顔を隠しているとはいえ半分だし、彼の場合はそれが日常なのですぐに気づかれるのだろう。

館内には様々な絵画や美術品が並べられているが、そのどれよりもヴェインは人目を引いている。

特に女性は、まるで恋人に向けるようなうっとりとした表情で彼を見ている。

かつて二人で歩いていたときに見た、不躾《ぶしつけ》な視線は一つもない。

それにほっとする一方、ノアは少し寂しい気持ちになる。

（そういえば、小説の効果でヴェインの人気も上がってるってキーラが言ってたっけ）

二冊目の作業に入る少し前、本の売り上げに関する話の合間にそんな話題が出たのだ。

当時は気にもとめていなかったが、キーラがどこか申し訳なさそうな顔をしていた意味が今は少しわかる。

（なんだか、ヴェインが遠くに行っちゃった気がする……）

他人に恐れられ、距離を取られることにヴェインが悩んでいるのをノアは知っていた。だから向けられる眼差しが好意的なものに変わったことは嬉しかった。

でもなぜだか不意に、繋いだこの手が離れてしまうのではと考えてしまう。

ヴェインを見つめる美しい女性たちの誰かに、彼を奪われてしまうのではと、そんな気持ちさえ芽生えた。

（なんでこんなこと、思うんだろう……）

ヴェインの手がノアから離れる気配はない。

誰に見つめられても、ヴェインの瞳はノアにばかり向けられている。

なのになぜ不安を抱いてしまうのだろうかとうつむいていると、突然強く腕を引かれた。

「ノア、君の絵があるぞ」

　展示会のパンフレットを手にしたヴェインの弾んだ声に、ノアは慌てて顔を上げる。

　彼に腕を引かれて側の部屋に入ると、そこにはヨルクの画家の作品が多く展示されていた。

　その中に、確かにノアの絵があった。

　幼い頃に描いたもので、ノアの才能が評価され始めた頃のものだ。

「これは、ヨルクの湖水地方の風景か？」

「うん。上の兄のアトリエが湖の近くにあって、そこで描いたの」

　懐かしさを覚えながらも、のびのびと描かれた風景画を見ているとほんの少し心が痛くなる。一方ヴェインは、絵を食い入るように見つめていた。

「この湖、君の絵によく出てくるモチーフだな」

「あれ？　昔の絵、見せたことあった？」

「ノアのことを少しでも知りたくて、君の作品について色々調べたんだ」

　実はファルコからいくつか買い取ったと言われ、ノアは驚いた。

「買わなくても、あげるのに」

「君の絵には金を払うだけの価値がある。特に湖水地方の絵は素晴らしいから、ファルコに無理を言ってお金を握らせたんだ」

素晴らしいと褒められると普段なら素直に喜べるが、今日はつい暗い気持ちが胸をよぎってしまう。盗作の嫌疑をかけられたのはこの絵と同じ湖水地方の風景を描いた絵で、それをきっかけにノアの風景画は酷評されるようになったからだ。

それ以前に評価されていたものすら駄作のレッテルを貼られるようになり、筆が進まなくなってしまった。肖像画や宗教画、見合い用の絵などを多く描くようになったのも風景画が描けなくなった故である。

「……また、風景画を描こうとは思わないのか？」

うつむいたノアに、ヴェインがそっと尋ねる。

「思わないよ。だってもう、描けないもの」

描いたって意味がないのだと、ノアは自嘲する。

そんなノアにヴェインは何か言おうとしたが、それを阻むようにすぐ近くから大きな声が響いてきた。

「こんな絵を飾るなんて、イステニアの貴族は品がない」

その声に意識が向いたのは、覚えがあったからだろう。

恐る恐る背後を振り返ったノアは息を呑む。こちらにゆっくりと近づいてくる数人の男たちの中に、見覚えのある体格をした男がいた。

「よりにもよって私の絵の横に犯罪者の絵を飾るなんて……」

ノアの絵を忌々《いまいま》しそうに眺める太った男の声は、今なおノアを苛むあの声と同じだ。

（あの人が、なんでここに……）

男は、かつて「私の絵を盗作した」と言い放った画家に違いなかった。

目元は仮面でよく見えないけれど、薄い唇から吐き出される不満げな声に嫌な記憶が蘇り、自然とノアの身体が強ばる。

そのまま息を詰まらせていると、不意にぐっと強く肩を抱かれる。

「あれが、君を傷つけた奴か」

耳元でこぼれた囁きはヴェインのものだった。けれど一瞬、まるで他人の声のようにノアは感じた。そう思ってしまうほど、ヴェインの声は鋭かったのだ。

「ヴェイン……？」

彼を窺うと、仮面の下の瞳がいつになく冷たく光っている。

いったいどうしたのかと問いかけたかったが、それよりも早くヴェインが一人歩き出した。そして男たちのほうへと近づいていく。

彼の背中はいつになく大きく見え、腰に差した剣を今にも抜き放ちそうに見えた。

嫌な予感を覚えたノアが慌てて追いかけようとしたとき、「失礼」とヴェインが壮年の男に声をかける。

その声は思いのほか柔らかかったが、ヴェインを見上げた男の顔は強ばっていた。

「もしやあなたは、画家の『ベニー＝ルドルフ』氏か？」

ヴェインの言葉に、男――ベニーの顔が少し笑顔になる。

自分の素性を知っているヴェインを、ファンだと認識したのかもしれない。

そして取り巻きらしき男たちも「さすが、先生はイステニアでもお名前が知られてらっしゃるんですね」と、笑い合っている。

「もしやサインが欲しいのか？　だったらその仮面にでも描いて差し上げようか？」

すっかり警戒を解き、ベニーは調子のいいことを言う。

それを眺めていたヴェインは僅かな間の後、ゆっくりと仮面に手をかけた。

「……そう言うなら、記念にもらっておくとしよう。きっとあなたは、二度とこういう場所に現れないだろうからな」

あえて痣と竜の目をさらすようにヴェインが仮面を外せば、ひぃっとベニーが息を呑む。

取り巻きたちも同様に戦き、中には「化け物」と言い出す者もいる。それを聞いていられず、ノアが慌ててヴェインの隣に立つとベニーは更に驚いたようだ。

ノアも仮面で顔を隠していたが、目が合うと彼は正体に気づいたらしい。

「……貴様、まさかランバートか？　この気味の悪い男は貴様の差し金か!!」

ヴェインを指さしてベニーが喚《わめ》く。

それを見た瞬間、ノアはきつくベニーを睨みつけていた。

「彼のこと、悪く言わないでください」

かつて糾弾されたときは何も言えなかったが、今ははっきりと言葉が出てくる。そんな自分に驚きながら、これ以上ベニーが恋人を中傷しないように睨みを利かせた。

それにベニーがたじろいだ瞬間、ヴェインが一歩前に出る。

「あまり騒がないほうがいい。さもないと、ヨルクから追い出されたようにここでも居場所をなくすことになる」

「えっ、追い出された……？」

ヴェインの言葉が信じられず、ノアは聞き返す。

ベニーはヨルクでは高名な画家だった。それ故彼の「盗作だ」という一言で、ノアは仕事と名誉をすべて失ってしまったのだ。

「な、なにを馬鹿なことを……」

ベニーが気まずげに視線を泳がせると、ヴェインが彼へと詰め寄った。

「あなたが若い画家たちの才能を潰し、奪ったという話はイステニアまで流れている」

「で、でたらめだ!!」

「だがここに飾ってある絵も、本来はあなたの描いたものではないのだろう？　弟子に描かせ、その才能と栄誉を奪っているそうじゃないか」

そう言いながら、ヴェインは手にした仮面でベニーの顎をトンと叩く。

鋭い視線のせいか、仮面ではなくナイフを突きつけているようにノアには見えた。

「ヨルクとは違い、イステニアは才能の剽窃《ひょうせつ》も罪になる。それは心しておくといい」

ヴェインは笑みを浮かべているが、瞳も声も氷のように冷え切っている。

それに怯えたベニーが震えていると、やけにのんびりとした声が張り詰めていた空気を緩ませた。

「おや、もしやそこにいるのは我が国の英雄かい？」

声のするほうを見ると警備と共にやってきた若い男が、ヴェインに笑いかけていた。

騎士であるヴェインにも引けを取らない長身な男で、唯一顔に仮面をつけていない。

一方ベニーは、救いを求めるように男のほうへ近づいていく。

「ただのチンピラの間違いだろう！　この男は、私を愚弄《ぐろう》し脅迫したんだぞ！」

怒るベニーに詰め寄られながらも、男は涼やかな顔を崩さなかった。

「される理由に心当たりがおありだろう」

「なっ!?」

「罪を悔い改めたと言うのでこの場に招待したが、いささか早計だったかな」

感じのよい笑顔を浮かべてはいるが、男の言葉はなかなかに容赦がない。味方だと思った男にまで糾弾されたのが腹立たしかったのか、ベニーは怒りで顔を真っ赤にする。

「それはこちらの台詞だ！　私の絵を寄贈してやったのに、無礼にもほどがある！」

「私の絵？　そんなもの、ここには一枚もないだろう」

その言葉にベニーは唖然とし、ノアも驚きながら改めてベニーの絵を見た。

(あっ、この絵！　画家の名前がちがう)

ベニーの名はどこにもなく、女性の名が記されている。きっと、この絵の本当の作者の名に違いない。

「盗作だ！　これは私の絵だ!!」

だがベニーはそれを認められないのか、真っ赤な顔で喚き散らす。

今にも殴りかかりそうな様子に、ヴェインが腰の剣に手をかけながら彼の肩を摑んだ。

「ならば騎士団で事情を聞こうか？　うちの騎士は優秀だから『正しく』捜査を行い、罪を暴くぞ？」

ヴェインの言葉に、ベニーは真っ赤にしていた顔を青ざめさせた。あれほど五月蠅かった口を閉じ、取り巻きたちと逃げるようにその場から去って行く。

情けない逃げっぷりにノアの中でくすぶっていたベニーへの怒りが、少しずつ消えていく気がした。

「さすが、英雄殿の一喝は効きますな」

ベニーたちが去ると、若い男が二人の前に立つ。ヴェインへ向ける顔には、先ほどよりも子供っぽい笑みが浮かんでいた。

「本当に効いていればいいが」

「効いているでしょう。それにあの性格では、もはや再起は不可能だ」

そう言うと、男はノアへ目を向けた。

「せっかくお越しいただいたのに、不快な思いをさせてしまい申し訳ない。私はこの美術館の館長を務めるベルナルドです」

礼儀正しい挨拶で、この若い男がキーラが紹介したがっていた相手だとノアは気づく。

確か伯爵だったと思い出し、こちらも礼儀正しく挨拶をせねばと思うが、一連の騒動の驚きからお辞儀はぎこちないものとなった。しかしベルナルドが気分を害した様子はない。むしろ目を輝かせ、ノアを見つめている。

「ああ、ずっとあなたにお会いしたかった。ノア＝ランバートがイステニアにいると聞いて以来、何度……いや何百回キーラに詰め寄ったことか！」

言葉を重ねるたび、ベルナルドの笑顔はだんだんと暑苦しいものになる。

目をギラつかせ、はぁはぁと息を吐き、手を握ってくる姿はどこかヴェインに似ている。

（イステニアの男の人って、みんなすぐ息が荒くなるのかな？）

なんてことを思っていると、ノアとベルナルドを引き裂くようにヴェインが間に入ってきた。

「ああ、すみません！　憧れの画家に会えた興奮でつい我を忘れました」

「忘れないでくれ」

「あなたの大切な方だという話はキーラに聞いていたのに、申し訳ない」

それからベルナルドは大きく深呼吸を繰り返し、気持ちを落ち着ける。

元の涼やかな顔に戻ると、ベルナルドは改めて適切な距離でノアと向き合った。

「あなたには、ぜひ私のギルドに入っていただきたいと思いお呼びしました」

「申し出はとても嬉しいです。ただ、私は……」

「色々とご事情は伺っています。でも私は、あなたが盗作をしたとは思っていません。だからぜひ、改めてこの国で活動しませんか？　今後は、ノア＝ランバートの名前で」

ノア＝ランバートと強調するところを見ると、きっとベルナルドはノアがファルコの名前で活動していることも知っている。キーラが教えたのか彼が自分で調べたのかはわからないが、すべての事情を知りながらノアを勧誘してくれているのだ。

だがそうとわかっても、迷いはまだ消えない。

「でも、私の絵を不快だと思う人は今もきっといます。この絵だって、ここに飾られることで美術館の品位を落とすかもしれない……」

壁に掛かった自分の絵を見つめながら、ノアはこぼす。

その表情が暗く陰ると、ベルナルドがノアの手をがしっと摑んだ。それにヴェインが悔しそうな顔をしつつも、今度は止めなかった。

「確かにあの噂を信じる者はいるでしょう。ですがあなたの絵には価値があり、多くの人に愛されている！　むしろこの絵はその証拠です！」

「証拠……？」

「実を言うと、私はこの部屋をあなたの絵で埋め尽くしたかったんです。だから方々を回って絵を探しましたが、誰一人として譲ってくれなかった」

ベルナルドはうっと泣きそうな顔になり、更に強くノアの手を握る。

「どんなにお金を積んでも、皆絵を手放してくれなかったんです。『大好きな作家の貴重な絵だから』と」

「それは、本当ですか……？」

「もちろんですよ！　新作を見られない今、絵は手放しがたいのだと皆に言われてしまいました」

だからすでに所持していたこの絵しか飾れなかったのだと、ベルナルドは落胆している。

「でも逆に、私はそれで闘志を燃やしました。過去の名画が手に入らないならば、未来の名画を手にしようと!!　ノア＝ランバートを我がギルドに入れ、新作を描いていただこうと思ったのです!!　そしていずれはあなたの新しい絵で部屋を埋め尽くす!!」

またあの暑苦しい顔になり、ベルナルドがぐいぐい距離を詰めてくる。

さすがにヴェインがベルナルドを引き剥がしたが、暑苦しい視線が冷める気配はなかった。

「私のために、そしてあなたの絵を今も大切に思っている方のためにも新作を描いていただけませんか!! ギルドのメンバーはあなたのようにヨルクを追われた者も多く、裏切りや謀《はかりごと》とも無縁ですから！」

他の画家と競い合って切磋琢磨はしているが、足を引っ張り合ったりはしない。自分がそれを許さないとベルナルドは告げた。

その顔には嘘はなさそうで、何より暑苦しく詰め寄ってくるところはキーラに似ていて、彼女の友人だと改めて実感する。

(きっと、この人はいい人だ。お世辞じゃなく、心から私の絵が好きなんだってわかる)

そして彼のギルドなら、きっと居心地もよく絵も描けるだろう。

(でも、私は……)

とはいえすぐに頷くには、ノアの傷は深い。提案を受け入れたいのに言葉が上手く出てこず、前に一歩を踏み出す勇気がまだ足りなかった。

そんな自分を情けなく思っていると、大きな手が優しくノアの背中を撫でる。

「今すぐに決める必要はないだろう。話を聞き、ギルドのことをもっと知ってから加入を決めるので問題はないと思うが？」

優しく諭してくれたのはヴェインだった。彼の言葉に、ベルナルドも大きく頷く。

「そうですね、そうしましょう!!　ちょうど今日は他の画家も来ていますし、よければ美術館を案内しながら、まずは彼らを紹介させてください」

自分の他にもノアのファンは多く、皆が喜ぶとベルナルドは破顔する。

「だそうだが、どうする？」

ヴェインは問いかけながらも、ノアの返事はわかっているようだ。

彼の笑顔を見ていると頷く勇気が出て、ノアはベルナルドのほうに一歩踏み出す。

「ぜひ、よろしくお願いします」

途端に大はしゃぎするベルナルドはやっぱりキーラによく似ている。それにちょっとほっとしながら、ノアはベルナルドの案内で美術館を歩き始めた。

◇◇◇

楽団の音楽が、夕暮れに染まる美しい庭園を彩っている。

詰めかけた人々の賑やかな声が音色に重なるのを聞きながら、ヴェインは少し離れた場所からノアの様子を眺めていた。

(あの分なら、大丈夫そうだな)

最初は緊張していたノアも、今は和やかにベルナルドや他の画家たちと歓談している。

途中からキーラが合流したのもよかったのか、絵画の技法について熱弁を振るっているようだ。

楽しげな声にほっとする一方、ヴェインは落ち着かない気持ちで少し前にもらったシャンパンを飲み干す。

これで七杯目になるが、ちっとも酔うことはできず気分はよくならなかった。

（昔だったら酔えたのに、難儀《なんぎ》な身体だ……）

そんなことを考えながら、ヴェインはなるべく気配を消し、木の陰《かげ》からじっとノアを眺め続けていた。

気配を消しているのは、目立つところにいると人に話しかけられて煩わしいからだ。

これまでは社交の場に出るたび遠巻きにされたが、今日はどういうわけかやたらと話しかけられる。ノアの様子を観察していたい今はそれが邪魔で、少し前からこうして暗がりに身を潜めていた。

いっそノアの側に行きたいとも思うが、画家たちはヴェインがいると緊張するらしく空気がぎこちなくなる。故に距離を置いているが、ノアの楽しげな姿を見ているとどうにも胸がムカムカして仕方がなかった。

（彼女の背中を押すために来たというのに、俺が苛《いら》ついてどうする……）

自分に言い聞かせてみるが、ノアの笑い声が聞こえるたび手にしたグラスを砕いてしまいそうになる。今日はまだ仮面をつけているからいいが、今後は素顔のまま画家たちと交流するのかと思うと、苛立ちは強くなった。

（あの眼差しは俺が独占したい。いや眼差しだけでなく、彼女自身も……）

今すぐノアの元に行き、この場から攫《さら》っていきたい。

そして自分以外に眼差しを向けないよう、誰も来ない場所に閉じ込めてしまいたい。

（いや、いっそあの目をえぐり取ってしまうのもいいかもしれない。そうすれば、あの子の視線が別の誰かに向かうこともない）

我ながら名案だと、ヴェインはふっと笑みを浮かべる。

「おい、お前どうした……」

そのとき誰かに声をかけられて、はっと我に返った。

顔を上げると側に立っていたのはファルコだ。仮面をつけているが鮮やかな髪の色のおかげですぐに彼だと気づいた。

「こんな薄暗い場所で、お前いったい何してる」

ファルコの言葉で、ヴェインは慌てて笑みを消す。

同時に、心に浮かんだ物騒な考えにぞっとした。これまでも思考が危ない方向に転がることはあったが、先ほど浮かんだ考えはさすがに酷すぎる。

「ノアの邪魔をしないように、控えていただけです」

表情を正せば、ファルコがゆっくりと近づいてくる。

「完全に不審者だったぞ」

「気配は消しています」

「そこが不審者だって言っているんだよ。あの子を取られて寂しいなら、こそこそ覗いてないで奪い返しにいけよ」

「それは駄目です！」

そんなことをしたら本気で監禁してしまうと思い、ヴェインは慌てて首を横に振った。

「……特に今は、駄目です」

物騒な考えは追い払ったが、胸の奥にはまだ不穏な気持ちが残っている。それが落ち着くまでは近づけないと考えていると、ファルコがぐっと顔を覗き込んできた。

鼻が当たりそうなほど近くから見つめられ、ヴェインは思わずたじろぐ。ノアに抱いていた邪《よこしま》な気持ちを見透《みす》かされそうで恐ろしかったが、ファルコの眼光は目を逸らすことさえ許さない。

そのまま逃げることもできずにいると、ファルコがいつになく真面目な顔で口を開く。

「なあお前、もしかして――」

「ヴェインに触らないで！」

突然、ファルコが真横に突き飛ばされた。驚いて横を見ると、大きく手を突き出していたのはノアだった。

「お、おいっ、なんでお兄ちゃんを突き飛ばすんだよ」

「だって今、キスしてたじゃない！」

本気で怒るノアにヴェインとファルコはぽかんとする。

「い、いやいやいや！　なんで俺がこいつと！」

「だって顔が近かったし、兄さん男の人ともよくキスしてるから！」

「だとしても、妹の彼氏を取るわけないだろ！」

男とのキスは否定しないんだなと、ヴェインは妙なところが気になってしまう。そのまぼんやりしていると、ノアがドレスの袖でヴェインの唇を擦り出した。

「ここは、私のなのに……」

小さくこぼれた言葉に、ヴェインは目を見開く。

仮面で表情はよく見えないが、たぶんノアは本気で怒っている。そして拗ねている。

それに気づいた瞬間、胸に巣食っていた苛立ちは霧散した。

「大丈夫だノア、唇は奪われていない」

「でもすっごく顔が近かった」

「見つめられていただけだ」

「……見つめられないで」

ぎゅっと、ノアがヴェインに抱きつく。

「遠くからだって嫌なのに、あんな近くからはもっと嫌……」

ユサールをぎゅっと握りしめ、ノアはうつむきながら声を震わせる。その声には普段はあまり見せない苛立ちと戸惑いが満ちていた。

「もしかして、嫉妬してくれたのか？」

握りしめられた小さな手にヴェインはそっと手を重ねる。するとノアは弾かれたように顔を上げた。

「嫉妬……？」

「見られたくないと、そう思ってくれたんだろう」

嫉妬されたことは前にもあったけれど、あのときよりもずっとノアは独占欲を強めているように見える。

ヴェインほどではないが、ノアもまた恋人を取られたくないと考えていたに違いない。

その変化があまりに嬉しくて、ヴェインは食らいつくように柔らかな唇を奪っていた。

「君が望んでくれるなら、俺を見つめる奴らの目を、すべてえぐり取ってもいい」

「そ、そこまでは思ってないよ」

「でも俺はノアだけに見つめられたいし、君だけを見つめたい」

思わず本音をこぼしてから、さすがに重すぎただろうかと少しだけ後悔する。

しかし口づけを終えたノアは、仮面の下の瞳を嬉しそうに輝かせていた。

「ヴェインが、ヴェインのままでよかった」

「俺のまま……とは、どういうことだ？」

「今日のヴェインは物語の騎士様みたいで遠い感じがしたから、物騒な言葉にちょっとほっとしちゃった」

「ぶ、物騒でもいいのか？」

「むしろなんでだめなの？　それがヴェインなのに」

でも本当に目はえぐっちゃ駄目だよと笑うノアに、もう一度口づけたくなる。

だがそれよりも早く、大きな咳払いがすぐ側から聞こえてきた。

「二人の世界に入っているところで悪いが、俺のことも思い出してくれ」

それがファルコのものだと気づくと、座り込んだままの兄にノアが慌てて腕を伸ばす。

どうやら突き飛ばされたまま、二人が我に返るまでじっと待っていたらしい。

「ごめんなさい。兄さんのことだから、ヴェインにまで手を出したのかと思っちゃった」

「それだけはありえないから心配するな。俺は男も女も線の細い子が好みだし、凶悪面の筋肉増し増し騎士に惹かれるなんてありえない」

ノアの手を借りて立ち上がりながら、ファルコはヴェインへと目を向けた。

その目がやけに真剣なことに気づくと同時に、ヴェインはなぜ彼がここにいるのかと気になり始める。

だが尋ねようとしたところで、ヴェインは妙な気配を感じた。ここに招待されたのは芸術家たちと、彼らの作品を愛する貴族がメインのはずなのに、まるで騎士のような気配を纏うものがポツポツといる。自分のように騎士の服を着ているものはいないが、仮面の下には見知った顔がいるかもしれない。

「なにか、問題が？」

フェルコに視線を戻すと、彼は僅かに声をひそめる。

「ここに、まずい物が展示されるかもしれないって情報があってな。ベルナルド伯爵お抱えの芸術家の一人が、ヤバい物を使って造形作品を作ったとか」

まずい物という言葉に、ヴェインの脳裏をよぎったのは昨日見つけた邪竜の卵だ。

「それは、以前私も見た物ですか？」

「ああ。それも前の物より、鮮度がいい」

帰ってきた言葉で、ファルコたちが身を潜めてここにいる理由を察する。

ブレイズの卵は、表向きにはすべて破棄されたということになっている。もし生きた卵が見つかっても秘密裏に処理され、その存在は公にはしないという決まりがあるのだ。

邪竜は人々にとって、未だに脅威であり恐怖だ。特にブレイズに関わる物は人々を震え上がらせ、大きな混乱も生まれてしまう。故に邪竜がらみのことは秘密にされ、ファルコたちの捜査が表沙汰にならないのもそのためだ。

「その、展示品はどこに？」

「それがわからないから苦労してる。この舞踏会は新作のお披露目を兼ねているようなんだが、どれもこれも奇抜な作品ばかりでな」

数は二十近くあるうえに得体の知れない造形の立体物ばかりで、どれが問題の作品なのかちっともわからないらしい。

「作者もわからず、聞き込みをしてもノアみたいな奴ばかりだから会話が成り立たない」

作者自身も自分がまずい物で作品を作ったことに気づいていないようだとファルコはため息を重ねる。

「だから仲間がそれぞれの作品に張り付いているが、とにかく手が足りない」

手伝えと言いたげな顔でファルコがヴェインとの距離を詰める。

「しかし、俺が手伝うことを兄が許すでしょうか？」

「責任は俺が取る。とにかく俺にはお前が必要だ！」

大きな声で宣言され、ヴェインは覚悟を決める。

一方ファルコの言葉に、ノアが明らかに警戒を強める。

発言を誤解されたらしいと気づいたのか、ファルコが僅かに慌てた。

「他意はない！　人手が足りないからヴェインを借りたいだけだ！」

「事情があるのはなんとなくわかったけど、なんでそんなにこそこそするの？　もしかして兄さん、何か隠してる……？」

何か言いたげな顔で、ノアは兄を見つめる。しかし僅かな間の後、彼女は寂しげな顔で静かに視線を逸らした。

「やっぱりなんでもない。聞いても、どうせ教えてくれなそうだから」

諦めにも似た声に、ファルコが珍しく辛そうに顔を歪めた。

二人の様子を見る限り、もしかしたらノアはファルコが秘密を抱えていると気づいているのかもしれない。ノアは妙なところで聡いし、きっと兄が自分に隠しごとをしていると、薄々察していたのではないだろうか。

「……ごめんな」

「いいよ。それより、何か手伝えることはある？」

そう言って顔を上げたノアは、何かを吹っ切るように優しく目を細めた。

ファルコは提案に戸惑ったようだが、ヴェインは乗るべきだと即座に判断した。

目で見てわからないのなら、同じ芸術家のノアの感性に頼るべきだと思ったのだ。

「使われたのは大きな金色の物体だ。岩や卵のような物に見える」

「お、おいっ……それを教えるのは……」

ファルコは止めようとしたが、ヴェインは彼の言葉を制する。

　一方ノアは、何かを思い出すように腕を組んだ。

「それが使われているものは、ぱっと見ただけではわからないの？」

「そうらしい」

「……なら、あれかも」

　言うなりすばやく歩き出すノアに、ヴェインとファルコが慌てて続く。

　ファルコは半信半疑のようだが、中庭から建物へと戻るノアの足取りには迷いがない。

「おいっ、ヴェインの説明だけで本当にわかったのか？」

「さっきベルナルドが見せてくれた作品の一つに、それっぽいのがあったの」

　ノアが向かったのは建物の二階にある広い展示室だった。自然をモチーフにした作品が多くあり、その中央には大樹を模している不思議な立体作品が置かれている。その前で、ノアは歩みを止めた。

「たぶんこれ」

　断言されるも、ヴェインとファルコはぽかんとした顔で作品を見上げるほかない。

　作品は実際の植物と土、そして様々な廃材を組み合わせてできているようだが、邪竜の卵らしきものは欠片も見えない。

「『人間の富と欲望による破壊と再生』がテーマだって言ってたし、絶対にこれ」

「お、お兄ちゃんにはお前の言ってる意味が全然わかんないんだけど……」

ファルコの言葉にヴェインも頷いていると、ノアは作品の土台を指さした。

「探し物は、金色で卵の形なんでしょ？　なら、それが種」

「種？」

ヴェインの言葉に、ノアは突然その場にべたっと寝転がる。

「うん、やっぱり種だ」

「もしや、そこから見えるのか？」

慌ててその隣で腹ばいになり、ヴェインはあっと息を呑む。木の根に見立てた土台の奥に、確かに輝く何かが見えた。確かに種のように見える。

「芸術家の考えることって、わかんねぇな……」

そうこぼしたのは、ヴェインとノアの側で腹ばいになったファルコだ。

「そう？　すごくわかりやすいモチーフだよ？　たぶんこれは人間の――」

「いや、説明されても絶対わかんないから」

ノアの言葉を遮り、ファルコが急いで立ち上がる。

「とりあえず、仲間を集める。あと、この部屋には誰も入らないようにベルナルドに言わないとな」

「あの種、そんなに危険なの？　爆弾かなにか？」

ノアの無邪気な言葉に、「それよりもっと質《たち》が悪い」とファルコが渋い顔をする。

「悪いがヴェインはまずノアを遠くに連れてってくれ。そのあと騎士たちを――」
ファルコが真剣な声で説明するが、突然ヴェインは彼の言葉が聞こえなくなる。
彼の声だけでなく周囲の音が消え始め、ヴェインは慌てて耳を押さえた。
（なんだ、これは……）
音が聞こえすぎることはあったが、消えるのは初めてのことだった。
それに戸惑っていると、不気味な拍動が鼓膜を震わせた。
【……え、奪え……喰…らえ……】
響いたのは、不気味な呻き声だった。
言葉ではないのに、ヴェインの脳裏にはその意味がはっきりとわかる。
【喰…らえ……、奪……え……】
意思というには不確かで、感情というには禍々しい。
憎悪に満ちたその呻き声と拍動が大きくなると、ヴェインの肌がぞわりと震えた。
「……ヴェイン？」
音が消えた世界に、ノアの声が戻ってくる。
はっと我に返ると、すべての感覚が元に戻ったが、震えだけは止まらない。
そしてその意味を、ヴェインは突然悟った。
「まずい、生まれる……！」

ノアとファルコを抱え、身を翻《ひるがえ》したのは無意識だった。

展示台の裏に身を隠した直後、邪竜の卵を抱いていた展示品が轟音《ごうおん》と共に爆ぜる。

続いて響いたのは、周囲の展示品や窓ガラスを吹き飛ばすほど強い咆哮《ほうこう》だ。

「あ、あれって……邪竜……？」

震える声で尋ねるノアに、ヴェインは頷く。彼女の視線の先には、崩れた立体物の上に立つ禍々しい竜がいる。それを前にして、今更隠しておく意味もない。

吠《ほ》える邪竜は、生まれたばかりとは思えないほど大きい。人の背丈の倍はあり、赤子らしさは欠片もない。

【喰らえ、奪え……】

ヴェインの中でこだまする邪竜の意思は餓《う》えと渇きに満ちていて、禍々しい赤い瞳は、側にいる自分たちへと向けられる。

「中佐はノアを！　自分が食い止めます！」

剣を引き抜き、ヴェインは二人をかばうように立つ。

「お前一人じゃ無理だ！」

「二人でも、どのみち無理です！」

邪竜が自分に狙いを定めるようにと、あえてヴェインは前へと駆け出した。

だがそのとき異変に気がつく。

（身体が……軽すぎる……）

呪いを受けて以来向上していた身体能力が、この一瞬で更に上がっているのをヴェインは感じた。世界が停止しているように感じるほど動体視力と脚力は上がり、瞬く間に邪竜の懐へと滑り込む。

手にした剣で薙ぎ払えば、鋼より硬い鱗《うろこ》が易々と砕けた。激しすぎる一撃に、剣の刃も欠けている。刃はヴェインの腕力に合わせた特注だからよかったものの、剣の柄《つか》は歪み今にも折れてしまいそうだ。

（だがこれなら、いける……！）

邪竜は明らかにヴェインの動きについてこれていない。

こちらを食い殺そうと首をもたげるが、その動きさえ今のヴェインにはゆっくりに感じられた。かつて邪竜と戦ったとき、ヴェインは常に死に物狂いだった。仲間と協力し、何時間もかけてようやく致命傷を与えられるのが普通だったのだ。

けれど今は、明らかに自分のほうが格上だ。

（殺したい……。この手で奪い、喰らってやりたい……）

身体中の血が沸騰《ふっとう》し、興奮と殺意が身体を支配する。

先ほど以上の活力がみなぎり、ヴェインは笑みを浮かべながら剣を握り直した。

「俺が、喰らってやる……！」

鋭い牙を避け、しなる首に向かってヴェインはすばやく剣を向ける。

危機を感じた邪竜はヴェインの顔めがけて尾を振ったが、はたき落とせたのは仮面だけだ。ヴェインは衝撃を受けつつも体幹は崩すことなく狙いを維持し、まっすぐに剣を薙《な》ぐ。硬い鱗や背骨を物ともせず、振り切った刃に邪竜の首は容易く落ちた。

噴き出す血しぶきを浴びながら、ヴェインは頽《くずお》れる竜から距離を取る。むせかえる血の臭いに、得も言われぬ興奮を覚えて笑みが深まる。自分はこれを、このときを待っていたのだと考えながら、彼は血に濡れた髪をかき上げた。

（もっと殺したい……。もっと、もっと、もっと……）

こんな一瞬で終わりたくない、もっと奪いたいという気持ちに心が染まり、ヴェインは無意識に獲物を探していた。

「ヴェイン……？」

その目に止まったのは、不安そうな顔でこちらを見ているノアだった。

ヴェインが一歩前に踏み出すと、次の瞬間にはもう目の前にノアがいた。口づけるときのような近さでじっと彼女を見つめていると、身体が更に興奮する。

ヴェインから滴る血がノアの頬を濡らし、汚していく。その瞬間、美しかった瞳に恐怖が映る。

「いやッ……！」

逸らされていく視線に、ヴェインの心にも恐怖が満ちた。

恐れは理性を呼び覚まし、彼はノアをなだめようと腕を持ち上げていた。

指先が逃れようと身をよじったノアの左腕に触れる。

その途端に、ヴェインの視界が真っ赤に染まった。続いて響いたのは、苦痛に満ちた悲鳴だ。

「妹から離れろ！」

ファルコの怒鳴り声で、ヴェインは自分の手もまた真っ赤に濡れていることに気づく。

立ち尽くしていると、その間にファルコがノアに駆け寄った。

その場に膝をついたノアは左手を押さえ、苦しそうに呻いている。ノアの左腕からは、とめどなく血が流れていた。その傷が自分のせいだと気づいた瞬間、ヴェインもまたフラフラとその場に膝をついた。

「……違う、わざとじゃ……わざとじゃないんだ……」

訴えるが、ノアの顔からはみるみる血の気が引いていく。彼女が心配で、ヴェインはもう一度手を伸ばす。だがそれを誰かがきつく押さえつけた。

「お前は、その少女を殺す気か？」

冷え冷えとした声と共に、首筋に突然痛みが走る。

痛む箇所を押さえながら振り返れば、そこにはロイが立っていた。その手には、注射器のような物が握られている。

「ようやく、お前も『代わった』な……」

微笑むロイの顔は、歓喜に満ちあふれていた。

どこか歪んだその笑顔に、ヴェインは言い知れぬ恐怖を覚える。

「兄……上……？」

「……もう、お前は私の弟ではない」

どういう意味かと尋ねたいのにヴェインの意識は遠ざかり、身体から力が抜けていく。

「ようやくだ……。ようやく私の願いが叶う……」

ロイの笑い声を聞きながら、ヴェインは誰かに拘束される。だが、もはや抵抗する気力さえ残されていなかった。

◇◇◇

手放してしまった意識が闇に溶け、寒気にも似た不快感にヴェインは包まれていた。

自分はいったいどうなったのかと不安を感じていると、どこからか声が聞こえ始める。

『必ず、必ずこの恨みは晴らす……』

憎悪に満ちた兄の声に、ヴェインははっと顔を上げる。

先ほどまでは真っ暗だったのに、気がつけば景色が変わっていた。見覚えのある墓地の中、目の前には泣きくずれたロイの背中が見えた。

既視感を覚えながら兄に手を伸ばすと、そこで世界がぐにゃりと歪む。

（これは、過去か……。それとも夢か……）

もしくは両方だろうかと思いながら、ロイは兄を見つめる。

目の前の光景は、ロイが妻子を失った直後によく似ていた。そして記憶と同じ言葉を、兄は自分に投げかけてきた。

『ヴェイン、お前も協力してくれ。お前と俺なら、必ず女王竜を滅ぼせる』

振り返った兄の顔には、かつての優しさは欠片もなかった。それが恐ろしかったのに、取り戻す方法がヴェインにはわからない。

『協力したら、兄さんは救われるのか？　義姉さんたちも浮かばれるのか？』

『もちろんだ。俺たち兄弟で女王竜を殺し、邪竜を根絶やしにすれば国だって救われる』

そう言って伸ばされた腕を、払いのけることなどできなかった。

だから兄の手をヴェインは取った。

救いになるというのなら、己の剣も命も兄のために使おうと決めたのだ。

しかし目の前の兄は、表情を一変させる。

実際の過去とは違う光景に息を呑むと、胸に激しい痛みが走った。

『……邪竜は一匹残らず根絶やしだ。その約束は、違えるなよ』

耳元で囁かれた声はぞっとするほど冷たくて、ヴェインは咄嗟にロイの腕を振り払う。

「……ッ！」

次の瞬間、痛みは胸だけでなく全身に広がり兄の姿が闇に消えた。

苦痛と息苦しさに耐えていると、どこからか声が途切れ途切れに聞こえてくる。

「……やはり、我々の仮説は正しかったな」

「ええ。竜は――に狂う、堕竜も同様なのでしょうね」

「ならばそれを利用すれば……、さらなる変化を促せるか？」

「確実に……」

片方は兄のものだと気づいてヴェインは目を開けるが、呼びかける声は一向に出てこなかった。

（ここは……、それに俺は……）

ゆっくりと意識を覚醒させるものの、身体は石のように硬く強ばり唯一動かせたのは首だけだった。

虚ろな瞳で周囲を見回すと、診察台のような場所に寝かされていることだけはわかる。

手足は器具で拘束され、首にも何かが巻かれている感触があった。

「目覚めたようですが、いかがしますか……？」

不安そうな顔をした男が一人近づいてくる。白衣を纏っているのを見るに、医者なのだろう。彼がヴェインの身体を調べ始めると、兄の顔が視界の隅に見えた。

「私が躾ける、お前は下がれ」

「兄上、俺は……」

「もう、弟ではないと言っただろう」

吐き捨てるような声と顔には、優しかった頃の面影は欠片もない。まるで他人のような目を向けられ、ヴェインは息を呑んだ。

「どう……して……」

「お前は至ったのだ、堕竜に」

ヴェインの寝かされた台にロイが手をかける。

「だ……りゅう……？」

「呪い持ちの生き物が至る先。醜い末路だよ」

兄の手によって台がゆっくりと起き上がり、ヴェインの身体が傾いた。

きつく拘束されているせいで倒れることはないが、革の拘束帯が身体に食い込み痛みを覚える。しかしロイは手を止めなかった。それどころか、ヴェインの顎を摑み彼は斜めに向かせる。

「見ろ、今のお前の醜い姿を」

強制的に動かされた視界の先にあったのは、大きな鏡だった。

鏡に映る自分を見て、ヴェインは息を呑む。

「実に醜い姿だろう？」

鏡に映るヴェインは、もはや人には見えない。

呪いの痣は顔と身体全体に広がり、肌は異様な鱗で覆われ始めている。両方の目は竜を思わせる紅に染まり、鋭く不気味に光っていた。

「呪いを深く刻まれた生き物は、希に竜に転じるのだ。そしてお前は、無様にも堕《お》ちた」

顎を摑む指に力がこもり、食い込んだ爪がヴェインの肌をえぐる。

激しい痛みを感じるがロイの手は緩まない。むしろ痛めつけるのが目的だとばかりに、指の力は強まる。食い込む指先から激しい怒りを感じ取り、ヴェインはようやく残酷な事実に思い至った。

「こうなると……兄上は知っていたのですか……」

「わかっていた。だからずっと、俺はお前が憎かったよ」

言葉と視線に満ちる憎悪に、ヴェインはぐっと歯を食いしばる。

「よりにもよって、俺の妻と子を殺した邪竜にお前は堕ちたのだ。だから何度も何度も俺

は お前を殺そうと思った。……いや、実際そうしたんだよ、何度もな」

ロイはそう言って、ヴェインの胸に拳を叩きつけた。

「だがお前は死ななかった。その身体は強く、もはや人の手では殺せなかった」

「じゃあ本当に、兄上は俺を……」

「お前が昏睡状態にあった一年、何百、何千とその身にナイフを突き立てた。だが忌々しくもお前は死ななかった」

向けられる憎悪はあまりにも禍々しく、ヴェインは兄の言葉が嘘ではないと理解する。

だがそれでも信じたくはなかった。

「でも今まで、そんなそぶりは一度も……。それに兄上は、俺に優しかった……」

「必要があったから、そうしていただけだ。ファルコを筆頭に周りの者はお前を生かせと言うし、お前にしたことを知られればさすがに罰せられる。……だから俺は、このときを待っていたのだ」

醜い肌を撫で、ロイは楽しげに笑った。

「完全な竜に堕ちれば、何をしようと誰も何も言わない。そして一度堕ちてしまえば、お前を躾け飼い殺すこともできる」

そこで不意に、腕に小さな痛みが走る。

見れば美術館で打たれたものとよく似た注射器が肌に突き刺さっていた。

「これは……なんですか？」

「呪いを加速させる薬だよ。ようやく、完成したばかりのものだ」

「……ッ！」

「そしてこちらは、竜の心を壊し、意思を消し、言いなりにするもの」

もう一本、更に一本と、ロイはヴェインの身体に得体の知れない薬を注入する。途端に視界がぐにゃりと曲がり、ヴェインは吐血を繰り返す。頭が激しく痛み、身体が燃えるように熱い。

「やめて……ください……」

「誰が、醜い竜の言葉など聞くと思う」

「俺は、竜じゃない……」

「殺しても死なず！　化け物じみた力を持ったお前のどこが人間だ!!」

強く頬を打たれ、ヴェインはがっくりと項垂れた。

「その上いつまでも弟のふりをして、お前は俺を苦しめる!!　だからこそ利用すると決めたのだ。お前を使い捨ての駒にして、憎き邪竜を今度こそこの世から消してやる！」

憎悪の言葉と共に薬を増やされ、ヴェインは思考が保てなくなる。

激しい苦痛だけが心と身体を支配し、こぼれる苦悶の声は兄が言う邪竜の咆哮そのものだった。

「言い忘れていたが、優しくしていたのにはもう一つ理由がある。弟のふりをされて俺が傷ついたように、兄のふりをされて傷つく姿が見たかったんだ。優しさは、一番残酷なものだとお前に教えてやりたかった」

歓喜に満ちたその声に、人でありたいと願う気持ちが容赦なく奪われる。

(俺は兄上を、傷つけていたのか……)

気づけなかったことに、ヴェインは後悔とやるせなさを覚えた。

そこに深い悲しみも重なると、頭の中で大事な記憶が消えていくのを感じた。

自分を失っていく感覚に恐ろしさを覚えながら、咄嗟にこぼれたのはノアの名だった。

虚ろな声で何度も何度も彼女の名を呼ぶと、ロイの笑い声が途切れる。

「ああ、そういえばあの子はずいぶん酷い怪我を負っていたぞ」

「怪……我……?」

「お前がその手で彼女を傷つけたのだ。あの腕の傷では、もう絵を描けないかもしれないな」

兄の言葉に、ヴェインの心を絶望が塗り固める。

美術館でのことが思い出され、ヴェインの目から生気が消えた。

「お前さえいなければ、あの子は傷つかずにすんだのにな」

放たれた言葉に、ヴェインの心がゆっくりと崩れ始める。

（ノアだけは……彼女だけは傷つけないと……思っていたのに……）

誰よりも愛した少女を傷つけた。それどころか、未来さえも奪ってしまった。

そんな自分は確かに人ではない。

醜く邪悪な竜なのだと自覚した瞬間、ヴェインの意識は再び闇に飲まれていった。

◇◇◇

ヴェインが自分を呼んでいる――。

それを感じながら、ノアは眠りの中を漂っていた。

もうずいぶんと長い間、ノアの意識は眠りと苦痛の中にあった。

痛みの向こう側からヴェインが自分を呼んでいるような気がしたが、指一本動かすことさえできない。

どこか遠いところでヴェインが苦しんでいるとわかるのに、駆けつけることさえできない歯がゆさにノアは泣き濡れた。

それでも必ず、この痛みを乗り越えヴェインの元に行くのだと強い決意を繰り返していると、不意に目覚めの兆しが訪れる。

「……ヴェイン」

恋人の名前を呼びながら、彼女は重く閉ざされていたまぶたをゆっくりと押しあげた。

「ノア！　ああよかった、目が覚めたんだな！」

そう言って抱きつく腕に縋り、ノアは思わずため息をつく。

「……これ、じゃない」

「その反応は、さすがにお兄ちゃんに失礼すぎないか……」

ノアの顔を覗き込み、わざとらしく拗ねた顔をしているのはファルコである。

その身体を押しのけようとして、ノアは身体が上手く動かないことに気づく。

「動いては駄目だ、傷に障る」

「傷？」

「美術館でのこと、覚えていないのか？　あのときの怪我が原因で、お前は二週間近く寝込んでいたんだぞ」

兄の言葉で、ノアはようやく最後に見た光景を思い出した。

二週間という日数に驚く一方、ノアは別の不安を覚える。

「そうだ……ヴェインは……？　ヴェインは無事……!?」

無理やり身体を起こしながら尋ねると、ファルコが慌ててノアを抱き支える。

途端に左腕に痛みが走ったが、今は気を取られている場合ではなかった。

「彼に会いたい。今どこにいるの？」

「今は無理だ。無事ではあるが、ヴェインはもう……」

「どういうこと？　何があったの？」

不安をこらえながら片腕でファルコに縋りつくと、兄は辛そうに顔を歪ませた。

「それを説明するためにも、お前に話さなければならないことがある」

苦しげな言葉に、ノアは兄に縋りついていた腕をほどいた。

先を促すように小さく頷くと、震える声で「すまない」とファルコがこぼす。

「実を言うと、俺はお前の付き添いでこの国に来たわけじゃないんだ。軍からある任務を命じられ、それに都合がいいからとノアのことを利用した」

予想外の言葉に、ノアはすぐには兄の言葉を理解できなかった。それでも必死に頭を回転させ、兄の言わんとしていることを汲み取る。

「……つまり、兄さんは軍を辞めたわけじゃなかったってこと？」

「辞めていない。そしてそれを、身内にも言うわけにはいかなかった」

深く項垂れ、ファルコは謝罪を繰り返す。

だがノアは、兄を責めるつもりなどなかった。

「謝らないでいいよ。きっと、仕事のためだったんでしょ？」

「だが俺はお前のことも騙《だま》していた」

「何か隠してるのは、なんとなくわかってたから」

本当になんとなくだが、兄が秘密を抱えていることにノアは気づいていた。

ファルコは軍を辞めてから何かが変わった。ちゃらんぽらんなせいでクビになったと言っていたし家族は皆それを信じたようだが、ノアだけは違和感を覚えていたのだ。

軍を辞めた兄からは軽薄さが薄れ、何か重い物を背負ったように見えた。

それはイステニアに来ても変わりなく、時折見たことのない険しい顔をするようになった。ファルコは隠しているつもりのようだったが、ノアはそうした変化に目敏いほうだ。

「わかってたけど、話してくれない気がしてた。……だから聞かなかったの」

「言い訳になるが、話さなかったのはお前のためだ。心配をかけたくなかったし、仕事のことで不安にさせたくなかった」

「わかってる。だから隠しごとは怒ってない」

でも……と、ノアはファルコをまっすぐに見つめる。

「ヴェインのことは教えてほしい。彼に何があったのか、兄さんは知ってるんでしょ？」

問いかけに、ファルコは押し黙る。

だが長い沈黙のあと、ゆっくりと口を開いた。

「俺の仕事は、あの美術館で見たようなブレイズに連なる邪竜の生き残りを始末することだ」

「ブレイズってあの女王竜？　その子供は、すべて倒されたわけではないの？」

「残念ながら、すべてではない。その数はかなり減ったが、今もまだ残っている」

兄の説明に、ノアは女王竜と呼ばれた邪竜のことを思い出す。

遠目にしか見たことがないけれど、いくつもの街を焼き人々を喰らうブレイズは酷く不気味で邪悪な姿をしていた。

人々を無残に殺していたその姿を思い出すと、ノアの身体は自然と震える。

「怯えなくても大丈夫だ。女王竜自体は死んだし、もういない。その卵や子供はまだ残ってはいるが、それも順調に数を減らしている」

「じゃあもしかして、兄さんの仕事はその残った卵や邪竜の退治？」

「そうだが、実は別の仕事も請け負っている」

ファルコは小さな瓶をノアに見せた。

「これは、薬か何か？」

「竜の呪いを消して人に戻す薬だ。それを作り、ヴェインのような呪い持ちを救うのが俺の仕事でもあるんだ」

「じゃあ、ヴェインも人に戻れるの？」

「まだ試験段階で効果は弱いが、継続して投与すれば治る可能性は高いはずだった……」

ファルコは苦しげに言葉を切り、小瓶をぎゅっと握る。

「でも、完全に堕竜に至ってしまった場合は、あまり効果がない」

「堕竜って……？」

「そもそも竜の呪いは、邪竜が竜以外の生き物を同胞に加えるためのものだと言われている。別の生き物の肉体を作り替え、より強力な個体を生み出すために己の一部を別の生き物に植え付けるんだ。……人間は痣が出るくらいで影響を受ける者は少ないが、希に変異してしまう者もいる。それを俺たちは『堕竜』と呼んでいる」

竜に堕ちると書いて堕竜だと説明する兄の声に、ノアは不安を感じ始める。

「……まさか、ヴェインが堕竜なの？」

尋ねると、ファルコは押し黙ったまま肯定も否定もしない。不安をかき立てられ、ノアは兄の身体に縋る。

「もしかして彼は完全な竜になってしまったの？　殺されたの？」

「いや、まだ殺されてはいない。ただ……」

兄の言葉が迷いに揺れ、苦しげな息がこぼれる。とても酷いことが起きているのだと嫌でもわかり、ノアはその先を聞くのが怖くなった。

(でも、聞かないのはもっと怖い……)

ヴェインがどうなったのか知りたいという思いに勝てず、ノアはファルコに先を促す。

「……本来ならば、堕竜に堕ちた者はすぐさま処理される。そうしなければ、狂気に心を乱し、手当たり次第に人を殺してしまうからだ」

「兄さんの薬でも、それは止められない？」

「まだわからないんだ。堕竜となった者に直に投与したことはない」

「ならヴェインに使って！」

「そうしたいが、ロイに阻まれたんだ。あいつは俺と真逆の薬を研究していて、それを先に打たれた」

真逆と聞き、ノアは思わずぞっとする。そしてそれをロイが用いたという言葉が、信じられなかった。

「ロイは邪竜を大人しくさせる薬だと言ったが、効果は真逆にしか見えなかった。……薬を打ってからのヴェインは普通じゃない。姿も竜に近づいたあげく、まるで心がないように見えた」

自由も意思も奪われて、ロイの命令で生き残った邪竜を殺し続けているのだと、ファルコが震える声で告げる。

「ロイってヴェインのお兄さんなんでしょ？　なんでそんな酷いことをするの？」

「ロイは妻子を殺されて以来邪竜を憎んでる。そして竜に堕ちた弟のこともきっと許せなかったんだろう……」

「仲は良さそうだったのに……」

「俺もそう思ってたんだ。確かに一時期、ロイがヴェインに残虐な行為をしているという噂が流れたが、俺が見た限りロイは呪いに倒れたヴェインを献身的に看病しているように見えた」

「でも、実際は違ったのね」

それどころか、弟への憎しみを強めていた可能性も高い。

邪竜に妻子を殺されたからといって、呪われた弟に憎しみをぶつけ堕竜に堕として意思まで奪うなんてとノアは憤りを覚える。

そして初めて会ったときに覚えた違和感を思い出す。

ヴェインより柔和な顔をしているのに、ロイを見たとき冷たくて恐ろしい印象が芽生えた。彼が抱えていた闇をノアが無意識に読み取ったからだろう。

「たぶんあの人、何かがおかしい……」

「昔から邪竜のこととなると目の色が変わる男だったが、さすがにヴェインへのことは異常だ。そしてこうなることを予想できなかったことが、俺は悔しい……」

あいつの部下だったのに、全く気づけなかったとファルコは唇を噛《か》む。

「今からでも、止められないのかな……？」

「止めたいと思ってる。ロイは俺をヴェインに近づけさせないが、なんとか接触すれば薬も投与してやれる」

「元に戻せるの？」

「正直、効果がどこまであるかはわからない」

でも……と、ファルコはノアの頬をそっと撫でた。

「なんとなく、あいつはまだ大丈夫だって気がしている。それにもっとも効く薬もここにある」

そう言って、ファルコはノアを見て微笑んだ。

「私が、ヴェインを元に戻せるの？」

「俺の仮説が正しければ、堕竜は愛した者に固執する。だからお前と会えばきっと……」

言葉を重ねるたび、ファルコの顔に明るさが戻る。その目が期待に満ちているのに気づき、ノアもようやくほっと胸を撫で下ろした。

「ヴェインがひどい目に遭っているなら、私は助けたい」

「なら協力してくれるか」

「何をすればいい？」

ノアの回答に、ファルコはにやりと笑うと、さっそく自分の計画を語り始めた。

第六章

三日後、ノアの体力が戻ると、さっそくファルコの計画が実行されることとなった。

「傷は大丈夫か？」

目的の場所に向かう道すがら、尋ねてくる兄にノアは頷く。

「動かすと少し痛いけど、大丈夫」

左手の傷は大きいものの、運良く筋や太い血管は避けていた。傷跡は残ってしまいそうだが、傷さえ塞がれば普通に動かすことも可能だと医者には言われている。

（でもきっと、ヴェインはすごく落ち込んでいるだろうな……）

ヴェインは過剰なほどノアに優しく、彼女を傷つけまいとしていた。そんな彼がノアの怪我に責任を感じていないわけがない。

（早く会って、大丈夫だって言ってあげたい）

そんなことを考えながら、ノアがファルコと共に向かったのはアトリエのすぐ側にある第十六小隊の詰所であった。

ファルコの話では、詰所の地下にヴェインは閉じ込められているらしい。

そもそも第十六小隊は呪いを受けたヴェインの行動を監視し、いざというときに捕縛する役割を担っているのだそうだ。

ロイは以前からヴェインを危険視して監視すべきだと訴え、第十六小隊をヴェイン専用の見えない檻《おり》に作り替えていたのである。

何も知らない新兵も中にはいるようだが、多くはロイの息がかかった者らしい。

そんな場所に裏口からとはいえ堂々と入っていくファルコを見てノアは一瞬不安になるが、出迎えた騎士たちの様子は想像と少し違った。

「状況は？」

「ロイ副団長は先ほど詰所をあとにされました。地下の警備は、まもなく我々と志を同じくする者に替わります」

「なら、もうしばらく待機しよう」

そんな会話をする若い騎士は、どうやらファルコの仲間らしい。

騎士と共にヴェインの執務室らしき場所に行けば、そこには更に多くの騎士が集まっている。彼らは皆、ノアの顔を見てどこかほっとした顔をしていた。

「ねえ、この人たちは？」

「安心しろ、味方だ」

そっと尋ねたノアに、ファルコが笑顔を作る。

「ロイの命令でヴェインの監視役を務めていたが、奴の身を案じて救いたいと皆思ってくれているんだ」

改めて騎士たちの顔ぶれを見れば、ヴェインと共に訓練に励み、彼に尊敬の眼差しを向けていた者が多くいた。

「女の扱いはからっきしだが、ヴェインは騎士としては有能で部下にも慕われていた。監視という名目がありながらも、奴に惹かれていた者は多い」

「そうなの？　いつもヴェインのこと、怖がってたように見えたけど」

「怖がってたのはロイのせいだよ。ヴェインは化け物だから距離を取れと命令していて、それを守らなかった者にはかなりきつい罰を与えていたらしい」

だから騎士たちはヴェインに近づかなかったのだろうが、ずっと側にいればヴェインが騎士としても人としても尊敬できる相手であることはすぐにわかる。

「左遷同然の仕事を与えられても折れず、黙々と職務を果たす姿に感じ入る者も多かったんだろうな」

「確かにヴェイン、毎日真面目にお仕事してた」

「俺もずっと監視していたが、あいつはイステニアが理想とする騎士道を誰よりも体現していた。恐れられても、嫌われても、それは変わらなかった」

だからこそ、側にいる者たちはヴェインを尊敬せずにはいられなかったに違いない。

ヴェインが竜に堕ちても、助けられるなら助けたいと考えファルコの元に集《つど》ってくれたのだろう。

(ヴェインのこと、認めてくれる人がいてよかった)

一人寂しげにしていたところを見ていたノアは、ことさらそう思う。

「みんなに慕われてるって、ヴェインに教えてあげたい。だから、早く助けてあげよう」

そう言って笑うと、ファルコは頷き、騎士たちを集め計画の説明を始めた。

「ヴェインが囚《とら》われているのは地下だ。そこから彼を連れ出し、ロイに見つかる前に秘密のアジトに連れて行く」

「そこで、ヴェインの治療をするんだよね？」

「そうだ。だが問題は、今のヴェインにはロイの言葉以外は届かないことだ。何度か逃がそうとしたが、奴は何を言ってもその場から動かない。それどころか、強引に連れ出そうとした騎士に剣まで向けた」

今のヴェインはロイの言葉に絶対なのだとファルコはため息をこぼす。

「しかしノアの言葉ならきっと届く。だからお前は奴をどうにかして説得してほしい」

そんな説明を受けている間に、騎士がノアたちに合図を出す。どうやら、予定の時間になったようだ。

「ただ猶予はあまりない。もし万が一反応がないときは、無理をせずすぐに引き返してきてくれ。必ずだぞ」

念押ししながら、ファルコがノアを地下へと続く階段まで案内する。

何か不測の事態があったときのためにファルコたちは見張りに立ち、ノアは一人階段を駆け下りた。


薄暗い階段を下り進んだ先にあったのは、小さな部屋だった。

仲間らしき見張りたちがその鍵を開け、「後は頼みました」とノアを促す。

そして扉をくぐったノアは、息を呑む。

（あれが……ヴェイン……？）

無機質な部屋には、椅子が一脚だけ置かれていた。

そこに座っているのは、真っ黒な甲冑を纏う騎士だ。黒く不気味な兜で顔を隠しているが、それがヴェインだとノアはすぐにわかった。

「ヴェイン？　大丈夫？」

駆け寄って声をかけるが、ヴェインはピクリとも動かない。

（まるで人形だって、兄さんが言っていた意味がわかった……）

耳を澄ませば浅い呼吸は聞こえるが、彼からは全く生気が感じられない。ノアの言葉も届いている気がしなかった。自分の声でも駄目なのだろうかと不安を感じていると、うつむきがちだった兜が僅かに上向く。

「ヴェイン、聞こえる？　迎えに来たよ」

ノアは、何度も声をかけ続けた。だが変化は、やはり僅かしか起こらない。手を引こうとしても、彼の身体はびくともしない。

（どうしよう、やっぱり私の声も届かないのかも……）

時間ばかりが過ぎていくことに不安を覚え、声を大きくするがやはり反応がない。

焦りを感じていると、突然外が騒がしくなった。

剣の打ち合う音が響き、誰かが部屋の側まで駆けてくる音が響いた。

「……中に入れられないとは、どういう意味だ！」

続いて聞こえてきた怒鳴り声はロイのもので、ノアは思わず息を吞む。

隠れようにも場所はなく、今見つかればきっと追い出されてしまう。そうなったら最後、ヴェインと会えるチャンスは二度とない気がした。

「お願いヴェイン！　目を覚まして！」

揺さぶっても、やはりヴェインは答えない。それどころかノアの腕を乱暴に振り払った。

運悪く左腕の傷に彼の手が当たり、彼女は呻きながら倒れた。

だがその間にも部屋に誰かが入ってくる気配を感じ、急いで起き上がる。

そのとき、ノアははっと気づく。

（……声は届かない。でもきっと、視線なら……）

腕の痛みをこらえ、ノアはヴェインの兜に腕を伸ばした。

それを乱暴に脱がすと、先ほどより強くヴェインが腕を払われる。ノアが再度地面に倒れると、彼は容赦なく剣を抜いた。今の行動で、敵だと認識されてしまったらしい。

「ヴェイン……！」

だが剣が振り下ろされるより先に、ノアはまっすぐな視線でヴェインを射貫いた。

仰ぎ見たヴェインの顔は、もはや別人だった。顔中を呪いの痣が覆い、竜の眼には感情が欠片もない。不気味なその顔に、多くの者は目を背けるだろう。

でもノアは、そうしなかった。

剣が自らの頭上に迫っても、愛しい恋人の顔から目を逸らさなかった。

「正気に戻って！」

声で、視線で、必死に呼びかける。

次の瞬間、振り下ろされた刃がぐっと横に逸れた。激しい音を立て、刃はノアの真横に叩きつけられる。それによって刃が折れ、あまりの勢いにヴェインが膝をついた。

すぐ側に迫った顔に、ノアがゆっくりと手を伸ばす。

「ヴェインも、私を見て」

その声に、うつむいていた顔が上向く。視線が合うと、僅かにヴェインの目が見開かれた。真っ赤な瞳に映る自分の姿を見つめながら、ノアは笑う。

今なら声が届く、彼を取り戻せるという確信を覚えたのだ。

「……その女を殺せ！」

だがあと少しというところで、憎悪に満ちた言葉がヴェインに命令する。

ロイに踏み込まれたと気づいたときには、ヴェインは折れた剣に代わり腰のナイフを引き抜いていた。

まだ声は届いていなかったのかとノアは絶望するが、ここで折れたら――自分が死ねばヴェインはもっと苦しむと、あえて自分から恋人のほうに身を寄せる。

「私を――私だけを見て」

ヴェインの頬に手を当て、ノアは自分のほうへ向かせる。

ナイフを振り上げた格好のまま、ヴェインの身体が動きを止めた。

赤く虚ろな瞳から涙がこぼれ、呪われた肌を伝い落ちる。

その涙を、ノアは唇でそっと拭う。

唇を寄せた肌は、驚くほど冷たかった。だから早く温めてあげたいと思った瞬間、ものすごい力で髪を引っ張られた。

「お前が殺さないなら、俺が殺してやる！　そうすれば、お前は今度こそ――！」

乱暴に引き倒され、ノアは床に頭を強く打ちつけた。

痛みで歪んだ視界いっぱいに、恐ろしい形相のロイの顔が広がっている。

「あなたのほうが、邪竜……みたい……」

思わずこぼれた声に、ロイが息を呑む。

「俺を、あんな醜く悍《おぞ》ましいものと一緒にするな!!」

憎悪を滾らせ、ロイは狂ったように叫びながら剣を振り上げる。だがそれがノアにたどり着くより早く、彼の身体が不自然に傾いた。

振り上げた剣を落とし、背後に倒れ込む彼の腹部には先ほどヴェインが握っていたナイフが突き刺さっている。ロイは呻きながらも落ちた剣を拾い上げようと床に手を這わせているが、殺してやると喚きながら悶える身体を鉄靴が乱暴に踏み潰した。

「ぐッ、ああああああ！」

痛みに悶えるロイを踏みつけ、見下ろしていたのはヴェインだった。虚ろだった目は憎悪に染まり、歪んだ微笑みが浮かび始める。先ほどのロイとよく似た残忍な表情を浮かべるヴェインを見て、ノアは慌てて彼に縋った。

「ヴェイン！」

名前を呼ぶと、ヴェインの瞳がノアへと戻る。憎悪に満ちた顔を正面に捉えながら、ノアはやめてと言うかわりにつま先立ちになって彼に口づけた。

途端にあれほど荒々しかった表情がすっと消え、また元の虚ろな顔に戻る。

感情が戻る兆しはないが、ノアのことはわかるのだろう。彼はぎゅっと小さな身体に縋りついてきた。甲冑のせいで少し身体が痛かったが、ノアは抵抗しない。

むしろ彼らしい腕の巻き付け方に、喜びさえ感じていた。

「……帰ろう、ヴェイン」

ノアが言うと、同意するように腕の力が強まる。そんなヴェインを抱き返しているところへ、ファルコが駆け込んできた。

「……無事か？」

現れたファルコは血だらけで、ノアは思わず息を呑む。

「兄さん、その傷……」

「ロイの部下とちょっとやり合ったんだ。だが、深いものじゃない」

手傷を負った騎士たちと共に、ファルコは倒れたロイを取り囲む。

「貴様ら、こんなことをしてただですむと思っているのか……」

憎々しげに呻くロイに、ファルコが眉をひそめる。

「思っていないが、それはお前も同じだ。人を竜に堕とそうとするなんて、人道に反することが許されるとでも？」

「こいつは元々人ではなかった！　俺の薬は、ただ竜を躾けただけだ！」

　喚きながら、ロイはノアのほうを見る。

「それに、こいつが堕竜として覚醒したのは薬ではなくこの女のせいだ！」

「それ、どういうこと……？」

　ノアが尋ねるとロイの顔に再び狂喜に満ちた笑みが浮かぶ。

「そもそも、なぜ邪竜というものが生まれるか、お前は知っているか？」

「それは、竜が狂うせいで……」

「なぜ狂うか、それを聞いている」

　ロイが震える手で断罪するようにノアを指さした。

「竜は愛で狂うのだ。番を愛しすぎた竜の中から、邪竜は生まれるのだよ。愛に心を乱し、理性を失っていき、番とその愛を失ったが最後、竜は完全に壊れる。そしてヴェインも、それは同じだ……」

「なら、ヴェインが竜になったのは私の……」

「お前のせいだよ。この三年、人を保っていたヴェインが竜に堕ちたのは愛する相手を見つけたからだ。そしてお前が側にいる限り、こいつは人には戻らない」

ロイの言葉に、ノアだけでなく周りの者も息を呑んだ。

「お前は救ったつもりかもしれないが、所詮ヴェインは化け物だ。一度自我が戻ったとしていずれまた狂う。その手綱を握れる私を排除したことを、後悔するがいい……」

歪んだ笑みを浮かべたロイを、ファルコたちが黙らせ手当てのために連れ出す。

それを見つめながら、ノアは慌ててヴェインから腕を放す。

すると彼は、何かを探すようにノアのほうに腕を伸ばし続けた。

その指が自分を必死に探しているとわかっていたのに、ノアは応えられない。

「ノア、あいつの言うことはでたらめだ」

ファルコはそう言ってくれたが、ノアは呆然と立ち尽くすことしかできなかった。

◇◇◇

「ひとまず、ヴェインは大丈夫だ」

ファルコからその報告を聞いたのは、ヴェインを詰所から連れ出してから半日が過ぎた頃だった。

「大丈夫って、意識が戻ったの？」

「それはまだだが、投与した薬は効《き》いている。身体は元に戻りつつあるし、このままいけばいずれ目を覚ます」

「そっか」

よかったと思いながら、ノアはぼんやりと答える。今いるのは兄の屋敷に用意された彼女の部屋だ。連れ出すことに成功したヴェインをこの屋敷に連れてきたのだ。

ロイは病院に運ばれ、彼の部下も今は大人しくしている。その間にファルコはヴェインに薬を投与し、今のところ経過は順調なようだった。

でもだからこそ、ノアは今悩んでいる。

「どうしたんだ？　元気ならすぐにも会いに行きたいって言い出しそうなのに」

「あんな話されたあと、すぐには会いに行けない」

自分がヴェインを狂わせる。そう言われたら迷わずにはいられない。

「あんな奴の言うことは気にするな。たとえあの話が本当だったとしても、お前とヴェインなら大丈夫だよ」

「でももし顔を見せて、ヴェインがまた竜に近づいたら……」

「あいつのことだ、見せないほうがおかしくなるぞ」

少し前の彼なら、確かにそうなるだろうなと懐かしく思い出す。

でもあれから、色々なことが起きてすべては変わってしまった。

「混乱しているのはわかる。だがノアの存在は、ヴェインにとって悪いものじゃない」

「でもヴェインが狂ってしまうのなら、側にいないほうが……」

そう言って落ち込んでいると、ファルコがいつになく真面目な顔になる。

「……なら一つ、証明しようか」

「証明？」

「実はもう一つだけ、お前に隠していたことがある」

何を思ったかファルコは突然シャツを脱ぎ出す。

兄の奇行に戦いたノアだが、驚きはその先にあった。

「それ……」

くるりと向けられた背中には、ヴェインにあるのとよく似た痣が浮かんでいる。彼のものより薄いが、それは確かに呪いの痣だった。

「まさか、兄さんも呪いを？」

「ヴェインのものよりはだいぶ軽いけど、俺も堕竜に堕ちる素養があるそうだ。それで一時期、おかしくなりかけたことがある」

「でも、そんな気配は全然……」

「早い段階で、呪いを消す薬を打てたおかげで隠し通せたんだ。……それでも薬は開発段階のものだったし、効果も薄かったからヤバい時期はあったけどな」

「今は平気なの？」

「……まあ時々、おかしくなりかけるときはあるが」

その言葉に、ノアははたと気づく。

「おかしくなるってことは、もしかしてファルコも特別な相手がいるの……？」

「いるよ。訳あって今は側にいられないけど、大事な女がいる」

「でも、兄さんは狂ってないのね」

「完全にまともってわけでもない。好きな女から離れるだけで狂いそうになるから、会えない今は色んな手を尽くして自分の愛を誤魔化してる」

好きでもない女を抱き、誰にでも甘い言葉を囁き、そうやって自分の愛は心を狂わせるほどのものじゃないと言い聞かせているのだと、ファルコは苦笑と共に告げた。

ノアはその説明を聞き、絶えず女性が出入りしていたのには意味があったのだと知る。

「事情があったのに、女たらしだなんて馬鹿にしてごめんなさい」

「実際、女好きであることには変わりない。……なのに一人の女に惚れて、傷つけた罰が当たったと自分では思ってる」

そう言って、ファルコは呪いの痣をそっと撫でた。

「女の人を抱いていれば、兄さんは大丈夫なの？」

「まあそれも、小細工にしかならないけどな。それでも狂いそうなときはあるし、そういうときは結局、愛した女のことを考えてやりすごすほかはない。狂うのも自分を保つのも、結局は同じ愛なんだ」

　そう言って笑うファルコは寂しげだけれど、どこか吹っ切れているようにも見えた。

「彼女への愛があるから、俺は今も人でいられる。もちろんこれからもずっと自分を保てる保証はないが、特別な相手がいることで最後の一線だけは越えずにすむと信じている」

「なら、私もヴェインを繋ぎ止められるかな」

「そう思ったから、二人の交際を許したんだ。お前たちは俺なんかよりずっと強い愛で結ばれている気がしたし、それがあればヴェインは人でいられると思ったんだ」

　ファルコの言葉は、とても力強い。おかげで、ノアの不安も少しずつ消えていく。それでもまだ迷いはあるけれど、悪いほうにばかり考えるのはやめようと思うことができた。

「お前のほうは、覚悟が決まりそうだな」

「うん。でも……」

　ふと思ったのは、ヴェインが同じように考えてくれるかどうかだ。

（ヴェインは心配性だし私のことばかり考えるから、離れるって言い出しそう……）

　ロイに裏切られ、きっと深く傷ついているはずだ。そんな状態で、自分を受け入れてくれるだろうか。

「ヴェインに、一緒にいたくないって言われたらやだな……」

「俺も説得はするが、あいつ、以外と頑固だからな……」

話を聞くかどうか不安だとため息をこぼすファルコを見て、ノアはふと気づく。

「確かに、ヴェインは話を聞かないと思う」

「断言したな」

「うん。……でも見つめればわかってくれるかも」

ノアは腕を組み考え込む。

「おい、見つめればってどういうことだ？」

「……」

「おい、ノア？　ノアちゃん？」

「よし、海に行こう。絵を描こう」

「……ご、ごめん、お兄ちゃんにもわかる言葉で説明してくれる？」

「海に行って絵を描くの。あとヴェインも運んでね」

「……ん、んんんん？」

ひたすら首をかしげる兄を、ノアは呆れた顔で見た。そして「呆れたいのはこっちだ」と肩を落とす兄に自分の考えを詳しく話し始めたのだった。

◇◇◇

遠く、波の音が聞こえる。そこに重なる調子外れの鼻歌に思わず笑みがこぼれ、ヴェインはまだ自分が笑えることに気がついた。

だが芽生えた感情は何かを失う予感と、失いたくないという気持ちをも目覚めさせ、不安を抱えながら目を開ける。

そこは、見覚えのない小屋だった。

寝かされているベッドの他には最低限の家具しかなく、扉の向こうに見える居間にはテーブルや画材道具しか置かれていないように見えた。

まるでノアのアトリエのようだと思っていると、不意に鼻歌がやんだ。

「あっ、起きた？」

代わりに聞こえてきた声に、ヴェインははっと身を起こす。

気がつけば絵筆を持ったノアが側にいて、嬉しそうに微笑んでいた。

彼女に手を伸ばそうとして、ヴェインは無意識にそれを押しとどめた。

「もう、動けるんだね」

「ノア、俺は……」

名を呼ぶと、ノアの笑顔が華やぐ。

「言葉もようやく戻ったんだ。よかった」

「ようやく……？　俺は、そんなに長く眠っていたのか……？」

「助け出してから今日で三日目くらいかな。ここは私のもう一個のアトリエなの」

普段は兄さんの別荘でもあるけどと言いながら、ノアはベッドの側にある窓を開けた。

潮の香りのする心地いい風を感じていると、ぼんやりしていた頭が少しずつはっきりし始める。

「ここは、安全……か？」

「うん。兄さんが、色々落ち着くまではここにいろって」

答えながら、ノアはヴェインの様子を見に側へと戻ってくる。

「自分の身に起こったこと、覚えてる？」

質問に、ヴェインは自然と頷いた。

(覚えている。……なにも、かも……)

だからこそ胸が苦しくなり、ヴェインは自分の身体に目を落とした。

「痣が……消えている」

「ファルコの薬のおかげ。ヴェインは、人間に戻れたんだって」

よかったねとノアは笑うが、ヴェインは彼女の言葉が信じられなかった。

なぜなら覚えているからだ。自分が人でなくなる感覚や、ロイからかけられた言葉のすべてを。

「戻ってなどいないだろう。兄は、俺が愛のせいでまた狂うと言っていた……」

吐き出した声に、ノアが目を見開く。

「あのとき、意識があったの？」

「意識と呼べるほどのものではなかったけど、この身体が見聞きしたことはすべて記憶しているんだ」

だからこそ、ヴェインは一刻も早くノアから離れなければと思った。美術館のときのように、またノアを傷つけてしまう気がしてならなかったのだ。

(身体はもう動く。……だから今すぐ去らねば)

人であるうちに別れを言わなければとわかっているのに、言葉が出てこない自分がもどかしかった。それでも必死に覚悟を決め、ようやくヴェインは顔を上げる。

だがそこに待っていたのは、のんきなノアの顔と言葉だった。

「そうだ。シチュー食べる？」

「……シ、シチュー……？」

「うん」

あまりにあっさり言うノアに、ヴェインは固まる。

彼女の言葉は、のんきを通り越して間が抜けていた。そこがノアらしいとも思うが、彼女だってさすがに飯の話をしているときではないと気づいているはずだ。

ロイに残酷な事実を突きつけられたとき、ノアもロイの言葉に動揺しているように見えた。自分から腕を放したノアのほうこそ、別れを口にしそうな顔をしていた。

(なのに、なぜシチューなんだ……？)

あまりにいつも通りすぎて、なんと言葉を返せばいいか全くわからない。

「もしかして、食欲ない？　まだ具合が悪い？」

その上黙って様子を窺っているヴェインを見て、心配までしてくる。

「身体は問題ない。だが君は……？」

「私は元気だよ」

「でも、俺のせいで怪我をしただろう」

「それも平気。さっきまで絵も普通に描いてたし、料理もしてたし」

「りょ、料理!?」

かつて経験した惨事が、こんな状況にもかかわらずヴェインを慌てさせた。

「したのか!?　君が!?」

「うん、だからシチューを作ったの」

そういえば火をつけっぱなしだったと、ノアがのんきに笑う。

次の瞬間、考える間もなくヴェインはベッドから飛び出していた。そして得体の知れないシチューが吹きこぼれそうになっているのを見て、慌てて鍋を火から遠ざけた。

「料理は駄目だと言っただろう！」

思わず怒ると、なぜだかノアが嬉しそうに笑う。

「うん、ごめんね」

「笑いながら謝るな」

「ごめん。でもなんだか、いつものヴェインに戻ったみたいで嬉しくて」

言うなりぎゅっと抱きつかれ、ヴェインは咄嗟にノアを受け止めてしまった。

ロイの言葉がよぎり、触れてしまったことを後悔するが、手を放すことはできない。

「それに、作戦が成功して嬉しい」

「作戦？」

「私、料理を作ると失敗するでしょう？　それを見たら、ヴェインはきっと別れようって言えなくなるって思ってたの」

そう無邪気に笑われると、もうたまらなかった。

「ノア……」

小さな身体を強く抱きしめると、狂気を孕んだ情動が心の底で目覚める気配がする。

なのにヴェインは子供のようにノアに縋りつき、その唇まで奪ってしまった。

兄を不幸にしたばかりなのに。ずっと苦しめ続けてきたのに、ノアまで同じ目に遭わせようとしている自分が許せないのに、止められない。

その愚かさもまた人でない証拠に思え、悔しさに涙を滲ませながら唇を貪った。

いったい自分はどこで道を間違えたのか。どうすれば兄もノアも救えたんだろうかと嘆きながらキスを繰り返していると、慰めるようにノアがヴェインの頭を撫でる。

「やめてくれ……。俺には、優しくされる価値などない」

「そんなことない」

「だが俺は、ロイが言っていたようにもう人ではないんだ。君を手放すべきだとわかっているのに、不幸にするとわかっているのに、愛することをやめられない」

「なら、やめなくていいよ。ヴェインが人じゃなくてもいい」

大丈夫だよと、なだめる声はあまりに優しかった。

だがノアの言葉を喜び受け入れる余裕は、今のヴェインにはまだなかった。

後悔と不安ばかりが押し寄せて、ヴェインはその場に膝をつく。

ノアは弱ったヴェインから離れなかった。彼を抱き寄せ、落ち着かせるように優しく頭や背中を撫でてくれる。

そうされていると、ふと幼い日のことを思い出す。

両親を亡くした頃、泣いていたヴェインを兄が今のノアのように慰めてくれたことがあったのだ。

『今は泣いてもいい。でもいつか、お前が誰かを慰める側になれ』

蘇った言葉が、ヴェインに残された人の心を揺さぶった。

もっと早くこの言葉を思い出せていたら、同じことを兄にできていたらと、思い出と共に後悔が押し寄せる。

でも後悔に囚われ悲しみに襲われるたび、ノアの手がヴェインを救ってくれた。

(化け物になってもなお、慰められてばかりいる自分が情けないな……)

自嘲しつつも、ヴェインは少しずつ落ち着きを取り戻す。不安も迷いも悲しみも消えないけれど、それでもこうして縋ってばかりいてはいけないと顔を上げることができた。

上向いた視線の先、待っていたのはノアの優しい眼差しだった。

「ヴェインが泣いてるところ、初めて見た」

「情けないだろう」

「ううん、涙がとってもキレイ」

そしてノアはごめん、と謝る。

「ヴェインが悲しいのに、絵にしたいって思っちゃった」

「泣いている姿を？」

「そんなこと考えるなんて、私のほうが邪竜よりもっとひどいかも」

「ひどいなんて、そんなことあるものか」

むしろノアの言葉に、ヴェインの心はようやく軽くなり始めたのだ。

(やはり俺は、彼女を手放せない)

そして負けを認めるように、ヴェインは己の非力さを受け入れた。

「君の言葉と眼差しに、俺は救われてばかりいるな」

募る思いをこらえきれず、ヴェインは再びノアに唇を寄せた。

口づけを重ねるたび、薬によって弱まっていた邪竜の力が高まるのを感じた。

たぶんまた、呪いの痣も広がり始めているだろう。それを見られ、怯えられるかもしれないという恐怖を抱えながら、ヴェインはそっと顔を離す。

「また、痣が……」

ノアはヴェインの変化に気づき、小さく息を呑んだ。

「やはり俺は、人には戻れないようだ」

「それって苦しい？」

「痛みなどはない。だが君を傷つけるかもしれないと思うと、苦しい……」

ヴェインは包帯の巻かれたノアの左腕に目を向ける。

「それに、ノアを怖がらせることが怖い……。どうやら俺は、君にだけは怯えられたくないらしい」

「だったら、怖がらないよ」

ノアは、すぐさま断言してくれる。でもそれを、ヴェインは強がりだと思った。

「だが美術館で竜に堕ちかけたとき、君の顔には確かに恐怖があった……。そのせいで取り乱し、俺は君を……」

「あれは、そういう意味じゃなくて……！」

言い淀みながら、ノアがぎゅっとヴェインの手を握る。

「強がらなくていい。それに無理な願いだとは思ってる」

「無理じゃないよ、あのときだって怖くなかった」

「隠さなくてもいい」

「隠してなんかない！　だから……、だからちょっと待ってて！」

ノアは何を思ったか、部屋のあちこちに散らばっていた絵を拾い上げ始める。

それをかき集め、ベッドに並べる彼女の側にヴェインは恐る恐る寄り添った。

「すごい枚数だが、これは……俺の絵か？」

「うん、ヴェインを説得するために描いたんだ」

ノアは拗ねたように僅かに口をすぼめる。

「きっと目が覚めたらヴェインは私から離れようとするって思ったの。でも私はしゃべるのが下手だし、言葉だけじゃきっと一緒にいたいって伝わらない。だから全部絵にしたの」

絵を広げ出すノアの横に座し、ヴェインは紙や小さなキャンバスに描かれた絵を手に取る。そこに描かれたものを見て、思わず息を呑んだ。

「これは……美術館での俺か？」

「邪竜から、私を守ってくれたところを描いたの。ほら見て、全然怖くないでしょ？」

差し出された絵は、小説の挿絵にどこか似ていた。

こちらは油絵で描かれているが、邪竜に剣を向ける姿に禍々しさはない。

「凜々しくて格好よかったから、見た瞬間あとで絵にしなきゃって思ってたんだ」

「あの状況で、君はそんなことを考えていたのか？」

「だってヴェインならやっつけてくれるって信じてたし、格好いい姿は絵にしないともったいないから」

一枚では描き足りなかったらしく、何枚もの絵が床には散らばっている。

その中には、異形になりかけている姿を切り取ったものもあった。

「こっちはね、邪竜を倒したあと、私に近づいてきたときのヴェインだよ」

「君を傷つける直前か……」

「うん。でもあのとき怖かったのはヴェインじゃない。倒れた邪竜がヴェインに乗り移ったんじゃないかって……ヴェインが消えちゃうんじゃないかと思って怖かったの」

でも……と、絵を持ち上げながらノアは無邪気に笑う。

「そうじゃないってわかったら、今はこの姿も格好いいなって思ってる。それにあのときのヴェイン、私のこと大好きって顔してたから嬉しかった」

確かに絵の中のヴェインは、竜の目に燃えるような熱情を宿している。

ただしこのときは暴力的な欲望ばかりを抱いていた。それをノアの絵はありありと描き出している。

「さすがにこれは恐ろしくはないか？」

「ないよ。ヴェインよくこういう顔するし」

「こんな、禍々しい顔を？」

「禍々しくないよ。これは、私のことを大好きって思っているときの顔だから」

それからノアは少し照れたように、小さく微笑む。

「私、この顔のヴェインがすごく好きなの。だから夢中になって、何枚も描いてた」

説得のことも忘れて描きすぎたと、照れたようにノアははにかむ。

「こんな……、こんな俺でも好きなのか？」

「私はどんなヴェインも好きだし、いっぱい絵に描きたいっていつも思ってるよ」

ノアらしい言葉に、ヴェインは再び目頭が熱くなる。

人とは思えぬ暴力的な愛情ごと、ノアは自分を愛してくれていた。絵からはあまりに優しい気持ちがあふれていて、彼女への愛おしさが込み上げてくる。

「怖くないって、伝わった？」

「ああ、伝わった」

「じゃあ、酷いことを言ってもいい？」

ノアはヴェインの目をまっすぐに見つめる。

「これからも、ヴェインの側にいたいの。私のせいで邪竜に堕ちるかもしれないって言われても、それでもやっぱり一緒がいい」

祈るようにノアがヴェインの手をそっと握る。優しい力だったが、そこからはためらいを感じなかった。

何より向けられた言葉と視線には、強い意志が宿っていた。

「むしろ堕竜になってもいい。離れるよりはずっといいって、思わずにはいられないの」

酷い恋人でごめんねとノアは言うが、それを言うならヴェインだって同じだ。

「俺だって、側にいたい。君を傷つけても、それでも手放したくないと思う気持ちが消えないんだ」

「なら消さないで。そして一緒にいて」

ノアの懇願に、ヴェインの迷いがようやく晴れる。

すると驚くことに身体の奥にくすぶっていた邪竜の狂気も晴れていくようだった。

(俺はもう、ノアを手放せない)

彼女の側なら、きっと自分は人でいられる。邪竜に近づいたとしても、必ず戻ってこられる。――いや戻ってくるのだと、ヴェインは決意する。

そんな気持ちで、ノアの唇をそっと奪う。

口づけはゆっくりと深まり、ノアが甘えるように腕を首に回してきた。今すぐにでも押し倒したい気持ちになっていると、ノアのほうもヴェインの首筋を怪しく撫でた。

「ごめん、ヴェインの絵をずっと描いていたから本物に触りたくなっちゃって……」

「なら、もう遠慮はいらないか」

ヴェインは絵を片付けるとノアを抱き上げ、ベッドに寝かせた。

ファルコも使うからか、ベッドは大きくここならば壊さずにすみそうだとほっとする。

「……あっでも、やっぱり待って」

「やはり、何か懸念があるのか？」

「昨日からお風呂に入ってないの。ヴェインの絵を描くのに、夢中になっちゃって」

慌て出すノアに、ヴェインは思わず声を上げて笑った。

「ノアが、お風呂に入らないことを気にする日が来るとはな」

「だって、今のヴェインは感覚が鋭くなってるんでしょ？　気にならない？」

「常時鋭いわけじゃないし、ノアの匂いだったらずっと嗅いでいたい」

言いながら、ヴェインは彼女の首筋に顔を埋める。

「むしろ君の香りがいつもより感じられて、嬉しい」

「……ッ、そこでしゃべられると、くすぐったい」

「ならもっと、くすぐったいことをしようか？」

首筋に唇を押し当て、ヴェインはゆっくりと肌を吸う。

ぴくんと跳ねる身体に気をよくしながら、首筋に舌を這わせていく。

「……あ、ヴェイン……」

色づき始めた声を上げ、ノアの手がヴェインの頭に置かれる。髪に指を差し入れ、かき混ぜるように撫でる手つきはもっと激しくしてほしいと、訴えているようだった。

「本当に、くすぐったいだけ？」

あえて口づけをやめ、ヴェインが尋ねる。

すると顔を真っ赤にしながら、ノアが首を横に振った。

「くすぐったいのに、気持ちいいの……」

「なら、全身にこうやってキスをしてもいいか？」

「してもいいけど、私もキスしたい」

伸びてきた手が、ヴェインのシャツをぎゅっと握る。

積極的なノアに喜びながら、まず彼女の服を取り払う。自らも服を脱いだところで、ヴェインは肌を覆う呪いの証が再び濃くなっていることに気がついた。範囲も少しだが広がっているような気がする。

（やはり愛情と共に呪いは強まるのか……）

不安がよぎり、ヴェインの表情が僅かに暗くなる。

だがすぐに、ノアの手が暗い気持ちを拭ってくれる。禍々しい肌にためらいなく手を伸ばし、嬉しそうに撫で始めたのだ。

「やっぱり見てるだけより、触れるほうが好き」

手と共にヴェインの肌をうっとりと撫でる視線に、もはや我慢はできなかった。

小さな身体を抱きしめ、手足を絡ませながら柔らかな身体を堪能する。

キスを交えながら、ヴェインはノアの感じる場所を見つけては優しく攻める。

あるときは手で、あるときは唇で、またあるときは舌で。

無邪気な声には艶が増し、ノアは表情を甘く蕩けさせる。快楽に堕ちていく恋人の姿が見たくて、いつになく時間をかけヴェインはノアを攻めた。

胸や首、背中や耳など、把握している彼女の弱点を、指や舌で優しく愛撫し、時に激しく攻めていく。もっとも感じる場所だけは避け、ノアが愛撫だけで達しそうになれば、直前で手を止め欲望を煽る。

いつになく彼女をいじめてしまうのも人から離れている証かもしれない。そんなことを考えつつ、恋人を甘くいじめる手は止められなかった。

ノアも焦らされるのは嫌いではないらしく、数え切れないほど甘い悲鳴を上げながら、ヴェインの手によってジワジワと熱を高めていく。

「……ヴェイン、もう……お願い……」

しかしさすがに、それも限界が来たらしい。

五度目の絶頂の兆しが見えた頃、甘い悲鳴の合間に懇願が混じり、潤んだ目がヴェインにいかせてほしいと訴えかける。

「いじめてすまない。君の瞳が美しすぎて、俺もそろそろ限界だ」

「なら……、早く……おねがい……」

一度中をほぐそうと、秘部に伸ばした手をノアがぎゅっと掴む。さすがに痛むのではと不安になったが、お預けを食わせるのもそれはそれで辛そうだ。

「わかった。今すぐ君と繋がろう」

ヴェインのほうも、すでに身体は限界に来ている。

ノアの脚を広げ屹立を入り口に宛てがうと、そこは十分すぎるほど濡れていた。

ヒクつきながらヴェインを待ちわびる襞をかき分け、ぐっと先端を押し込む。

「……ッ、あぁ……くッ……」

ノアの声には心地よさがあふれ、彼女はゆっくりとヴェインを呑み込み始めた。

柔らかくほぐれた肉洞は悦《よろこ》びに震え、蜜をこぼしながら彼を歓迎している。

「辛くはないか？」

尋ねると、ノアは首を横に振った。そして美しい瞳で、ヴェインを見つめる。

「ヴェイン……は？」

「すごく心地いい。君の中は温かくて、優しくて、ずっとこうしていたくなる」

「なら……ずっとこうしていて……」

ノアらしい殺し文句に、隘路を埋めていた男根がより力を増してしまう。

途端に甘い悲鳴をこぼし始めたノアの口を、ヴェインは口づけで塞いだ。

「君が望むなら、ここを俺の形にかえてしまおうか」

ゆっくりと腰を穿ちながら、口腔を舌で激しく攻める。

上と下、双方からの攻めにノアは弱いらしく、彼女は妖しく身体を震わせている。

口づけに必死に応える姿は愛らしくて、いじらしい。

けれどヴェインは、もっと激しく乱れるノアが見たかった。その目を涙で濡らし、ヴェインを求めて甘く叫ぶ声が聞きたかった。

「もっと俺を感じるんだノア。俺だけを感じてるんだ」

より激しく腰を動かし、ノアの中を容赦なくえぐる。

「ああッ、……はげ、しい……ッ」

「苦しいか？」

首を横に振り、今度はノアのほうからヴェインに口づけてくる。

もっと欲しいと全身で訴えてくる恋人を、ヴェインは更に激しく揺さぶり攻め立てた。

「ああ、……君は……素晴らしい……ッ」

ヴェインが楔を打ち込むたび、隘路全体が悲鳴を上げるようにうねる。

あふれ出る蜜は甘く淫らな香りを立ちのぼらせ、ノアの表情がより蕩けていく。

絶頂が近いのだと気づき、ヴェインは更に激しく彼女を攻めた。

その瞳を見つめていると、彼もまた情欲に溺れ昂っていく。

「……ヴェインッ……」

甘い呼び声が、絶頂への合図だった。貪るように口づけを交わしながら、上り詰めた二人は法悦の中にもつれ合って落ちていく。

ヴェインは容赦なく精を放ち、ノアはそれをこぼさぬようにと肉洞を淫らに震わせる。

自然と抱き合い、更に口づけを交わしたあと、二人はうっとりと見つめ合う。

「そんな目をされたら、やめられなくなる……」

最初に言葉を取り戻したのは、ヴェインだった。

どこか苦しげな声に、ノアは優しい口づけで応える。やめなくていいのだと、彼女は言っているのだ。それもヴェインが一番喜ぶ、甘い眼差しで。

「ノア、君を愛してる」

気持ちを言葉にしたくなって、ヴェインは囁きながら恋人の身体をぎゅっと抱きしめた。

今日は思う存分彼女を貪ろう。

その瞳も、身体も、心も、すべてを奪ってしまおう。

そんな気持ちには乱暴で歪んだ欲望も滲んでいたけれど、ノアは笑顔でそれを受け入れてくれたのだった。

◇◇◇

大好きな横顔が、夕日に美しく彩られている。

それをぼんやりと眺めながら、ノアはゆっくりと身体を起こした。

（結局一日……ヴェインとしちゃったんだ……）

おかげで身体は重いが、心は満ち足りている。それはヴェインも同じようで、彼女の隣で眠っている顔はいつになく穏やかだった。

でもよく見れば、彼の身体は前とはどこか違う。

痣の濃さや大きさが違うのもあるが、抱かれているノアだからわかる変化があった。

体温や香り、隆起する筋肉の動きなど、様々な部分が少しずつ変わってしまっている。

言い知れぬ不安を抱きながらも、ノアはそれを心の奥に飲み込んだ。

暗い顔や不穏で曇った眼差しを彼に向けたくないと、そう思ったのだ。

（私が不安になればきっとヴェインも不安になる）

絵を描くときも、不安や暗い気持ちに囚われれば絶対に上手くいかない。

それはきっと、どんなことでも同じに違いないと考えて、ノアはそっと寝床を這い出す。毛布を身体に巻き付け窓辺に立つと、すぐ側の砂浜と海が見渡せた。

地平線に沈む夕日は美しく、ノアの創作意欲を優しくかき立てる。

「ここは、いいところだな」

眺めていると、逞しい腕が不意にノアを抱き寄せた。振り返ると、ノアと同じく毛布に身を包んだヴェインの姿がそこにある。

「大好きな場所だし落ち着くから、一番大事な絵を描くときはここって決めてるんだ。だからファルコにヴェインのことも運んでもらったの」

ここは安全だし、ヴェインを説得する絵も描ける気がしたのだと説明すると、首筋にチュッと口づけを落とされる。

「なら目論見は成功だな」

ヴェインはノアを抱きしめる。その腕に身を預けながら、彼女は再び夕日を眺めた。

「なんだか、今日はいつもよりもここが特別に見える。ヴェインがいるから、夕日もより綺麗に見えるし」

「確かに、とても綺麗だ」

海も夕日も、空気さえも輝いて見え、ノアはこれを絵にしたいと心の底から思った。

そしてそれを察したかのように、ヴェインが小さく笑った。

「やはり邪竜というのは歪んでいる。俺は今、夕日に本気で嫉妬しそうだ」

「夕日に？」

「ノアに熱心に見つめられ、描かれたいと思っているあの夕日が憎い」

「描きたいとは思ってるけど、世界で一番描きたいのはヴェインだよ」

「なら、夕日への浮気は許そう」

そんなふうに笑うヴェインが素敵で、夕日も彼も両方絵にしたいとノアは思う。

「ヴェインと出会ってから、私描きたい気持ちがどんどん増えてる気がする」

「君の創作意欲を刺激できたなら、嬉しいよ」

「刺激されすぎて大変かも。身体がもう一つあったらいいのに」

「もう一つあっても、両方俺のものだぞ」

「もちろん、全部ヴェインにあげる」

むしろもらってほしいと、ノアは思った。

「だからヴェインも私にくれる？」

「こんな俺でよければ」

「ヴェインじゃないと駄目だよ」

だからもう、彼を手放さない。手放せないと改めて思いながら、ノアは背伸びをして恋人の唇を奪う。

チュッと優しく唇を重ね、満足げな顔で彼女は身体を元の位置に戻す。

するとそこで、ヴェインの身体に変化が起きていることに気がついた。

濃く広がっていた呪いのあとが、波が引くように狭まり薄くなっていくのだ。

その不思議な光景に、ノアは思わず見入った。

「きっとヴェインは、人に戻ったり竜に近づいたりを繰り返していくんだね」

そしてその姿はとても美しいと、ノアは思った。

「難儀な身体だが、一生付き合うしかないんだろうな」

本人も変化に気づいたのか、頬をそっと撫でさする。

その手に自分の手を重ね、ノアは優しく笑った。

「でも人も竜も、どっちのヴェインも私のものだよ？」

「ああ、君のものだ。だからこれからもずっと、その美しい瞳で俺を見つめていてくれ」

恋人の懇願に喜びを覚えながら、ノアは大きく頷く。

「ねえ今の、ヴェインがしたがってたロマンチックなプロポーズっぽくない？」

気づきを口にすれば、ヴェインらしい間の抜けた顔がノアを見つめる。

「しまった、指輪を持ってくればよかったな」

やはりここはやり直しを……とブツブツ言い始めるヴェインに、ノアは思わず吹き出した。

「私、ヴェインと早く結婚したい。だからロマンチックなプロポーズは後回しにしよう」

満足できないなら、またあとでやり直せばいいとノアは笑う。

「プロポーズを後に回すなんて、斬新だな」

「だって早くしたいの。結婚したあとなら、満足できるまで毎日してもいいから」

「では毎日しよう。心が狂うほどの愛は、一度や二度では伝えきれないからな」

そう言って笑うヴェインは、本気でプロポーズを繰り返しそうな勢いである。

大きすぎる愛は心を狂わせると言うけれど、自分たちならばきっと上手くやっていけるだろう。そんな予感を覚えながら、ノアは美しい恋人とこれからの人生をたくさんの絵にしていこうと決めたのだった。

エピローグ

凛々しい騎士と可憐《かれん》な姫君が、教会で式を挙げる美しい挿絵をヴェインの瞳が優しく見つめている。

その横に綴《つづ》られた愛の告白を目で追い、僅かに頬を緩めた。

(俺たちの結婚式を思い出すな。あのときのノアは、可愛すぎて死ぬかと思った……!)

などと考えているが顔に出ないせいで、騎士の礼装に身を包み読書の時間を楽しむその姿は絵になっている。

その様子に道行く騎士たちの大半は見とれ、尊敬の眼差しを向けていた。

そんな中、珍しくからかうような視線と声がヴェインに近づいてきた。

「お前、痣がないとその小説の騎士にほんとそっくりだな」

それがファルコだと気づいて顔を上げれば、義理の兄は挿絵を指さしながらにやりと笑っていた。

「まあモデルは俺らしいですからね」

「そういえば、そのシリーズもついに完結するんだって？」

「ええ。三十冊目にしてようやくです」

「そんなに出たのか？　あの本、一巻目が出たのは五年前だろ」

「作者とキーラがものすごく頑張ったのだと、ノアが言っていました」

「でもそうか、三十冊……五年……。なんだか、急に時間の流れを感じたし老けこんだ気がする……」

　げんなりした顔でファルコは肩を落とすが、彼の顔には老けたところなど欠片もない。

「俺たちはあまり老けないでしょう。呪いのせいで代謝が無駄にいいですし」

「でも、心は老けた感じがする」

「それは女遊びをやめたからでは？」

「落ち着いたのは確かかもな。むしろ落ち着きすぎて、恋人に飽きられないか心配だ」

「落ち着くくらいがちょうどいいですよ」

　大真面目に言えば、ファルコがげんなりした顔になる。

「その言い草は酷いだろ。曲がりなりにも俺はお前の義理の兄だし敬《うやま》え」

「昔は敬っていましたが、五年も家族でいるとさすがに……」

決して悪い人ではないのだが、勢いとノリが軽い性格に五年も付き合わされれば思うところは色々ある。

もちろん、尊敬しているところはある。特に五年前、邪竜に堕ちかけたヴェインを救ってくれたのも彼だし、その後「ヴェインは脅威にはならない」と熱心に働きかけてくれたおかげで、ヴェインは処分もされず逆に騎士団で地位を上げることもできたのだ。

「おい、黙ってないでなんか言えよ」

「尊敬できるところを探してたんですよ」

「嘘くさいな……」

ファルコがヴェインの隣にどかっと腰を下ろす。

「っていうか、お前そんなの読んでていいのかよ」

「休憩時間ですから」

「でも今日はお前の晴れの日だし、午後は式典とか色々あるんだろ」

「だからこそ、その前に本とノアの挿絵を堪能しないと」

「騎士団長様が色ぼけでいいのか？」

「俺がノア中毒なのは、騎士たちはもちろん俺を推挙してくださった国王陛下すらご存じですから」

笑いながらヴェインはノアの描いた挿絵を撫でた。

彼女の描く絵の美しさは変わらないが、あれから自分はずいぶん変わった。

中でももっとも大きな変化は、騎士団長への就任だろう。

「それでどうだ？　団長になった気分は」

「俺でいいのかと不安は大きいですね」

「お前以外に誰がいる。この五年で、お前は誰もがうらやむ本物の英雄になっただろう」

「脅威の間違いではと、思うときもありますが」

「英雄と脅威ってのは紙一重なんだよ」

確かに一理あると、ヴェインは感心する。

五年前、彼は身も心も邪竜に近づいた。堕ちたと言っても過言ではなかったかもしれない。だが得た力のおかげで、大陸に残る邪竜を残らず屠《ほふ》るという偉業を成し遂げたのだ。

その後も数々の武勲を打ち立て、いつしかヴェインを恐れる者はいなくなった。そして三年前、かつて兄が就いていた副団長の座に就き、今年の初めには団長に推挙された。

（いつしか、兄上の席を越えてしまったな……）

苦い気持ちで空を見上げていると、ファルコが「暗い顔だなぁ」と笑いながら肩を叩いてくる。

「重職は重荷か？」

「いえ、ただこの状況に戸惑っているだけです。子供の頃は、兄上が団長となり俺が副団長となって国の騎士団を支えるのだと思っていたので」

その言葉で、ファルコはヴェインの憂いを察したらしい。

「そういえばロイはどうした？　まだ、よくならないのか？」

「……ええ、変わらずです」

ロイは五年前からずっと独房の中にいる。ヴェインが与えた傷は治ったが、その後多くの罪が露見し、以来孤島の監獄に収容されているのだ。

彼は邪竜と、それに関するすべてを憎みすぎていた。ヴェインのように呪いを受けてしまった者たちを秘密裏に集めて殺し、その肉体を用いて非人道的な研究を多く行っていたことが発覚したのである。

ヴェインに投与された薬も、その研究の成果だった。

ロイの目標は、呪い持ちの人間を無理やり邪竜に転化させ操る薬を製造することだった。だが結局、出来上がったのは邪竜だけでなく生き物の脳を壊し心を狂わせる、いわば毒薬だ。ヴェインだったから耐えられたが、製造過程で出た犠牲者は少なくない。

そしてそれを兄は罪とは思っていなかった。呪い持ちはもはや竜であり、その正体を暴くことこそ正義だと思い込んでいたのだ。

彼の狂気は根深く、邪竜への恨みしか持たぬ彼はこの五年で完全に人の心をなくしたように思う。医者にも診せたが効果はなく、最近はまともに言葉も話せず、薬を打たれたときのヴェインのようにぐったりしている時間がほとんどだ。

長い牢屋暮らしのせいだろうと皆は言うが、たぶんずっと前から兄は壊れていたのだろうとヴェインは思っている。

（兄上は、憎しみと悲しみを正しく処理できなかったのだろう……）

邪竜への恨みを生きるよすがにしてしまったことで、家族の死を乗り越えることができずに狂ったのだ。

それを見抜けず、救えなかったことを悔やまない日はない。

邪竜討伐に傾倒していく兄を、ヴェインは止めなかった。それどころか自らも女王竜の討伐にも参加した。結果ロイの発案した作戦でヴェインは呪いを受け、それが兄の心を病ませたのだろう。

だからこそ兄の犯した罪は自分の罪でもあると考え、ヴェインは邪竜の力を国のために使うと決めたのだ。危険を覚悟で邪竜の討伐を続けたのも、贖罪《しょくざい》のためである。

そして奇しくも、狂うと言われていた自分が理性を保ち、ロイのほうが先に心が壊れてしまった。

結果、脅威だったはずの自分は竜の力に打ち勝った英雄だと信じられ、騎士団長にまで上り詰めるなんて皮肉なものだ。

（でも兄上の姿を見たからこそ、俺は人を保てているのかもしれないいな）

心を狂わせた末路を見たからこそ、同じ道を歩まぬようにと思うことができたのだ。

だから後悔はあっても、囚われずにいようとヴェインは思う。

前を向き未来を見据えることが、狂わずにいる方法に違いないのだから。

「お前、いい顔をするようになったな」

覚悟が表情にも表れていたのか、ファルコがそう言って笑う。

「いつまでも暗い顔はしていられません。それに騎士団を率いる者が情けないままではまずいでしょう」

「そんなことないぞ。現に俺だってどうにか今の仕事を続けられている」

にやりと笑う顔にはたしかに威厳の欠片もないが、ファルコもまた五年前のことを機に人生が変わった一人だ。

ファルコはロイとは逆に、呪い持ちの人を救い堕竜を人に戻す薬の研究を行っていた。

そしてヴェインと協力して邪竜の排除を行いヨルク国軍で何度も表彰されたのだ。

ヴェインと違って彼は元々軍内での評価も高く、上官たちからも可愛がられていたようで、その後しれっと副総帥の座を勝ち取ったのである。

近頃はヨルクからなかなか離れられないが、今日はヴェインの就任を祝う式典のためにわざわざ出てきてくれたのだ。

「そうだ！　最高に格好いいスピーチを用意してあるから、あとでちゃんと褒めろよ！」

「そういうところが、家族やノアに残念扱いされるのでは？」

「ノアの瞳にはぁはぁしまくりのお前にだけは残念とか言われたくねぇよ！」

「あんな美しい瞳を前にして、はぁはぁしないほうがおかしい」

「お前、この五年で開き直りと変人度合いが加速したな」

「愛が加速したと言ってください」

キリッとした顔で言うと、「やってられねぇ」とぼやきながらファルコが席を立つ。

「そうだ、式典が終わったらノアに会いに行くからそう伝えといてくれ」

「駄目です。今夜は俺の絵を描いてもらう予定なので」

「久々の兄妹の再会に水差すのかよ」

「むしろノアが嫌がりますよ。騎士団長になった姿を絵にするんだって半年前から目を輝かせてたんですから」

「……それは、確かに嫌がられるな」

仕方ないから明日にすると言うファルコに、時間は遅めでお願いしますと言うと白い目を向けられた。

◇◇◇

ようやく描き上がった巨大な絵の前で、ノアはほっと息をつく。自分の背丈の二倍もあるキャンバスに描ききったのは、かつてヴェインと見た夕日に輝く海だ。

騎士団に飾る絵が欲しいとヴェインに言われ、ならばと気合いを入れて描いたものである。あまりの出来映えに、完成前から多くの美術館や愛好家から「ぜひ欲しい」と言われたが、ヴェインのための絵だからとすべて断った。

むしろヴェインのための絵だからこそ、美しく描けた絵でもある。

「でも大きすぎたかな……。入り口に飾るって言ってたけど、大丈夫かな……」

頭を悩ませていると、不意に「問題ないよ」と優しい声が降ってくる。

それがヴェインのものだと気づいた瞬間、背後からぎゅっと抱きしめられた。

「ただいまノア」

「おかえり、ヴェイン。式典、どうだった?」

「ファルコがスピーチで盛大に滑って、部下に怒られていた」

式典のハイライトを伝えれば、ノアが声を上げて笑った。

「兄さん、よくあれで出世できたよね」

「まあ、やるときはやる人だからな」

「でも相変わらず家族には『ファルコは大丈夫なのか』って心配されてるよ」

「言われていそうだ」

ノアの家族とも交流のあるヴェインは、やりとりを容易く想像できるのだろう。

おかしそうに笑い、それからそっとノアから腕を外す。

「さて、約束通り俺の絵を描くか？」

「描いていいの？」

「描きたくてうずうずしてたくせに」

「それは否定しないけど、でもその前に……」

ヴェインのほうを向き、ノアは精一杯背伸びをして唇を奪う。

もちろんそれで終わるわけがなく、ヴェインが更に深いキスを返した。

「……ノア、そんな顔をされると絵を描く前に押し倒したくなる」

「ヴェインのキスが長いせいだよ」

「君だって応えただろう」

「いいからほら、早くあの椅子に座って」

「君はいちゃいちゃしたくないのか？」

「いちゃいちゃしたいけど、早く描き始めないと――」

「ママ――――！」

元気に満ちあふれた声が響き、アトリエの扉がばんっと開く。

その向こうから駆け込んできたのは、今年五歳になる二人の息子『ノイル』であった。

両親によく似た顔に明るい笑顔を浮かべていたが、彼はヴェインを見るたび、すんっと真顔になる。

「なんだ、パパもいた」

「なんだはないだろう！」

「だってパパ、ママをとるからやだ」

言うなり二人の間に身体を割り込ませ、ノイルはノアに縋りついた。

ノイルは両親に本当によく似ている。

母親が大好きなところは父親似で、甘え方は母親似だ。

「ノイル、お絵かきしてたんじゃなかったの？」

「ママにくっつきたくなった」

「それはパパもだ」

どちらも引く気配はなく、結局夫と息子からノアはグイグイ迫られる。

それにおかしさを感じながらも、ノアも押し負けたりはしない。

「ママは絵を描きたいの。だから二人ともちょっと離れて」

「ママのおえかき、みたい」

「ならノイルもモデルになってくれる？」

「うんっ！」

元気な返事に、ヴェインはついにいちゃいちゃを諦めたらしい。渋々といった顔でノイルを抱き上げると、ノアをキャンバスの前にエスコートする。

「男前に描いてくれよ」

それからヴェインは側の椅子に座り、息子を膝に乗せる。文句を言いつつも父親が好きなノイルは、満足げな顔でヴェインの身体に身を預けていた。

「パパより、かっこよくして！」

「はいはい」

「いや、パパのほうが優先だ」

「ヴェイン、あなた何年私のモデルをやってるの？」

ノアがにっこり笑うと、ヴェインだけでなくノイルも慌てて口をつぐむ。

なんだかんだモデルをやり慣れている二人は、行儀よくしないとノアに怒られると知っているのだ。

とはいえノアが絵描きの顔になると、凜々しかったヴェインの顔が情けなく崩れた。

「やっぱり、ノアの瞳は素晴らしい……」

「相変わらず、ヴェインは私の目に弱いのね」

「たぶん一生、俺は君と君の瞳に夢中なんだろうな」

甘すぎる言葉と共に、情けなかった顔が優しいものへと変わる。

それに胸が高鳴るのを感じながら、ノアは白いキャンバスに家族の絵を描き始めたのだった。

あとがき

『呪われ騎士は乙女の視線に射貫かれたい』を手に取って頂き、ありがとうございます！

二〇二二年も残念なイケメン好きをひた走る、隙間産業作家の八巻にのはです！

ソーニャさんでは久々の騎士物！　と意気込んだ結果、相も変わらずヒーローは残念に、そして今回はヒロインも凄まじく残念な作品になりました。

ちょっとビターな展開もありますが、基本的には残念で可愛い二人のやりとりを笑って頂けるようにと頑張ったので、楽しんでもらえたら嬉しいです。

そして今回、イラストレーターのなまさんに残念カップルを描いて頂きました。

仮面をつけたヒーローが大好きなので、ヴェインのデザイン画を見たときは思わず合掌しました。本当にかっこよかったです！

そしてヒロインのノアの愛らしさも爆発して、こちらも「尊い……！」と思わず拝んでしまいました。

素敵なイラストを、本当にありがとうございました！

そして編集のHさんにも感謝を！

適確なアドバイスや楽しい感想を頂いたおかげで、楽しく作業をする事ができました。

今回も色々とありがとうございます！

それではまた、お目にかかれましたら幸いです！

八巻にのは

Sonya
ソーニャ文庫

この本を読んでのご意見・ご感想をお待ちしております。

◆ あて先 ◆
〒101-0051
東京都千代田区神田神保町2-4-7 久月神田ビル
㈱イースト・プレス　ソーニャ文庫編集部
八巻にのは先生／なま先生

呪《のろ》われ騎士《きし》は乙女《おとめ》の視線《しせん》に射貫《いぬ》かれたい

2022年2月5日　第1刷発行

著　者　八巻《はちまき》にのは

イラスト　なま

装　丁　imagejack.inc

発行人　永田和泉

発行所　株式会社イースト・プレス
〒101－0051
東京都千代田区神田神保町2－4－7 久月神田ビル
TEL 03－5213－4700　FAX 03－5213－4701

印刷所　中央精版印刷株式会社

ISBN 978-4-7816-9715-4
定価はカバーに表示してあります。

Sonya ソーニャ文庫の本

『妄想騎士の理想の花嫁』 八巻にのは

イラスト いずみ椎乃